Reliure serrée

HOMERE
DÉFENDU
CONTRE
L'APOLOGIE
DU R.P. HARDOUIN.
O U
SUITE DES CAUSES
De la Corruption du Goust.

Par Madame DACIER.

A PARIS,

Chez JEAN BAPTISTE COIGNARD, Imprimeur
ordinaire du Roy, & de l'Académie Françoife,.
ruë S. Jacques, à la Bible d'or.

MDCCXVI.

*AVEC APPROBATION ET PRIVILEGE DE SA MAJESTÉ.*

HOMERE DÉFENDU
CONTRE
L'APOLOGIE
DU R. P. HARDOUIN.

JE me confirme tous les jours de plus en plus dans le fentiment où mon Pere m'a élevée, que la bonne Critique eft celle qui donne dans le fens commun de tous les hommes, & que la fauffe eft celle qui heurte ce fens commun, & qui dédaignant les routes bat-

A

tuës, & méprifant les opinions les plus generalement reçuës, ne cherche que la nouveauté & la fingularité. L'Ouvrage que le R. P. Hardoüin vient de nous donner, en eft une nouvelle preuve ; on ne conçoit pas comment un fi fçavant homme a donné dans des opinions fi étonnantes : mais je croi en avoir trouvé la raifon. Comme la vafte étenduë de fon fçavoir ne lui laiffe plus rien à apprendre, & qu'il a d'ailleurs une grande vivacité d'imagination, il fe divertit à forger des chimeres, que fa raifon feduite embraffe d'abord comme des realitez, femblable en cela à ce celebre Sculpteur qui devint amoureux de la Statuë qu'il vencit de former. Ce Sculpteur étoit même plus excusable que le R. P. Son ciseau avoit tellement animé sa Statu, qu'elle paroissoit comme vivante, & que l'œil y étoit trompé; au lieu que tous les efforts du Pere Hardoüin n'ont pû donner à son opinion la moindre apparence de vie, & que bien loin d'y trouver la verité, on n'y découvre pas la moindre ombre de vrai semblance. C'est ce que j'espere de prouver d'une maniere si sensible, que le R.P. lui-même en sentira la verité. Cette Réponse sera une

suite de mon Traité des Cauſes de la corruption du goût,
& achevera la preuve que j'ai
voulu donner de cette verité,
que la principale cauſe de cette corruption vient du mauvais uſage que l'on fait de ces
excellents Originaux, & qu'en
matiere de Poëſie ſur tout, le
goût n'eſt jamais ſi faux ni ſi
corrompu, que quand on s'é-
loigne de l'eſprit & des idées
d'Homere.

Je ſuis tres-fâchée d'avoir
à combattre un homme com-
me le P. Hardoüin, ſi eſtima-
ble par ſes mœurs, par ſon
grand ſçavoir, & par cette
tête forte capable de fournir
aux plus longs & aux plus pe-

nibles travaux. Je respecte sa
réputation, & encore plus son
caractere, & j'honore sa Compagnie, qui a produit de tres-
sçavans hommes en tout genre d'érudition , & dans laquelle mon Pere , M. Dacier,
& moi, avons toûjours eu des
amis d'un fort grand mérite ;
mais il traite trop mal Homere, & il m'attaque sans aucun ménagement. Veritablement il ne me nomme pas ,
mais c'est pour n'être pas obligé de dire à une femme une
politesse , qu'elle ne mérite
point, & il m'a tellement de-
signée, qu'il ne m'est pas permis de dissimuler. Je ne suis
pas son exemple, je le nomme

pour avoir lieu de lui donner les éloges qui lui font dûs. Il ne peut pas trouver mauvais que je défende Homere, & que je repouſſe les inſultes qu'il me fait ſi injuſtement; la défenſe eſt permiſe par toutes les Loix. Je tâcherai de ne pas paſſer les bornes que je dois me preſcrire, en écrivant contre un homme comme lui. Je le ménagerai autant qu'il me ſera poſſible, & je ne profiterai pas de toutes les occaſions qu'il me donne de m'égayer. Ce ſacrifice, que je lui fais, me prive d'un grand avantage; mais ma ſeule vûë eſt de le *redreſſer*. Quel bien ne ſeroit-ce pas de ramener un homme de ſon mérite, dont le ſçavoir ſeroit d'une ſi grande utilité pour les Let-tres, s'il pouvoit ſeulement ſe défier de ſon imagination, & être en garde contre elle, car il s'y laiſſe trop emporter?

Bien loin que ſon Ouvrage ſoit une Apologie d'Homere, c'eſt au contraire une nouvel-le injure qu'il lui fait, & la plus grande que lui ayent ja-mais faite ſes ennemis les plus déclarez, & qui demande le plus une Apologie. Il eſt vrai qu'il blâme & condamne les Critiques que l'on a faites contre ce Poëte ; mais il atta-que en même temps ſes Dé-fenſeurs, il prét end les *redreſ-*

fer, & il déclare qu'il eſt peu
ſatisfait de ce qu'ils ont écrit
pour le défendre; c'eſt-à-dire,
qu'il eſt peu ſatisfait de tout
ce qui fait ſentir les beautez
d'Homere. Le R.P. devoit tâcher de combattre quelques-
unes des raiſons que j'ai ap-
portées pour mettre le deſſein
de ce Poëte & ſon art dans
tout ſon jour ; à l'eſſai il auroit connu que cela n'étoit pas
facile. Je n'ai rien dit qui ne
ſoit fondé ſur l'autorité d'A-
riſtote , d'Horace , & de la
plus ſaine antiquité, & ſur les
preuves évidentes contenuës
dans le Traité du Poëme Epique , & dans les Commentaires ſur la Poëtique d'Ariſtote,

les deux Ouvrages, qui du consentement des plus grands Connoisseurs ont le mieux éclairci toute la Poëtique, & en particulier tout l'art d'Homere. Le R. P. ôte à ce Poëte toutes les vûës si grandes, si nobles, si vrayes qui lui ont attiré l'admiration de tous les siécles, & il ne lui en donne que de tres-fausses, & qui ne pourroient que le rendre tres-méprisable, & le faire passer pour le plus impertinent de tous les Poëtes, en faisant voir que dans tout le Poëme de l'Iliade, il n'y a ni dessein ni Poësie, ni le moindre bon sens. L'Ouvrage du R. P. a paru malheureusement dans

le temps que je venois d'a-
chever ma Préface ; un mois
plus tard je n'en aurois pas dit
un seul mot, & je me serois
reposée sur le public du soin
de venger Homere & de me
venger : mais l'occasion, le
temps, le lieu m'ont tentée,
& je fais cette Réponse avec
d'autant moins de scrupule,
qu'elle ne sçauroit détruire la
réputation du R. P. Quand je
lui ôterai le mérite d'avoir
entendu Homere & penetré
l'art de la Poësie, je ne lui
ôterai presque rien : il lui
reste des richesses infinies ; au
lieu que moi, si le R. P. m'a-
voit ravi le médiocre avantage d'avoir passablement tra-

duit & expliqué ce Poëte, &
démêlé l'art du Poëme , je
n'aurois plus rien ; c'eſt la ſeule petite brebis que je poſſéde,
je l'ai nourrie avec ſoin, elle
mange de mon pain & boit
dans ma coupe, ſeroit-il juſte
qu'un homme ſi riche vînt
me la ravir?

    Avant que de détruire ſes
deux propoſitions principales:
la premiere, que perſonne juſqu'à lui n'a connu le veritable ſujet de l'Iliade ; & la ſe-
conde, que ſes Dieux n'ont
pas été bien entendus, il n'eſt
pas inutile de s'arrêter un
moment ſur quelques en-
droits qui ne ſont pas indignes
de la curioſité du Lecteur.

2. Livre des Roys XII. 3. 4.

Pag. 2. *Je remarque*, dit ce R. P. que *ceux qui exaltent ce Poëte le font avec excés, car qu'il ait eu par exemple sur beaucoup de chofes des vûës de la Divinité prefque auffi faines que celles de Moyfe, Dieu nous garde de le penfer.*

Jamais perfonne, que je fçache, n'a été affez infenfé, affez impie, pour avancer qu'Homere ait eu fur la Divinité des vûës prefque auffi faines que celles de Moyfe. J'ai dit feulement, & c'eft une verité conftante, qu'Homere avoit été inftruit en Egypte de beaucoup de chofes de la doctrine des Hebreux, ou que la Tradition avoit répandu en Grece la connoiffance de cer-

...aines grandes veritez, qui a-
voient servi de fondement à
ses idées, & j'en ai donné plusieurs preuves incontestables.
En voici une sur laquelle tom-
be l'incredulité du R. P. *C'est* Pag. 3.
donc temerité, dit-il, *de comparer*
Homere avec le Prophete Eze-
chiel, comme a fait un Sçavant
peu Chrêtien du siécle passé. Il
parle de Grotius, & il lui fait
un crime d'une chose tres-in-
nocente; car Grotius ne com-
pare pas absolument Homere
à Ezechiel, il dit seulement
qu'Ezechiel avoit tant d'esprit & Dans la
d'érudition, qu'en mettant à part Préface
le don de Prophetie, qui le met de ses
Comment.
hors de toute comparaison, on pour- sur Ezech.
roit le comparer à Homere à cause

de ses belles idées, de ses comparai-
sons magnifiques, & de la connoif-
sance qu'il avoit de quantité de
choses, sur tout de l'Architecture.
Est-ce là comparer Homere à
Ezechiel ? Et est-il défendu
de dire d'un grand Prophete,
qu'il a des idées, des expressions, des images aussi magnifiques que celles du plus
grand des Poëtes?

Le R. P. continuë, *ou de
vouloir trouver dans Homere de
la conformité pour les idées avec
nos Livres saints, de croire par
exemple que ce qu'il écrit de Vulcain precipité du Ciel par Jupiter,
ou de la menace que fait ce Dieu
de precipiter les Dieux inferieurs
dans les profonds abîmes du Tar-*

...are tenebreux, soit fondé sur ce qu'il avoit entendu parler de ce que l'Ecriture sainte nous apprend des Anges rebelles precipitez au fond du Tartare, car c'est ainsi qu'on parle, comme si Homere avoit lû la seconde Epître de S. Pierre & le Livre de Job : ces Panegiristes outrez meritent du moins d'être redressez. Il ne faut pas faire la glorieuse, ni dissimuler, c'est moi que le R. P. veut redresser, & me voilà attaquée personnellement, car c'est moi qui ai relevé cette conformité, & voici mes termes : *Il y a bien de l'apparence qu'Homere avoit entendu parler de ce que l'Histoire sainte rapporte des Anges rebelles, non seulement precipitez du Ciel ;*

Dans la Préface de l'Iliade pag. XLIX.

mais precipitez dans le fond du Tartare, car l'expreſſion du Poëte eſt la même que celle des Apôtres qui nous ont conſervé la même Tradition Il n'eſtoit pas neceſſaire qu'Homere eût lû le Livre de Job, ni celui d'Iſaïe, ni l'Epître de S. Pierre, il falloit ſeulement qu'il eût profité de ce que la Tradition avoit répandu de ſon temps. Qui ne riroit donc de voir un homme, qui croit des choſes ſi incroyables & ſi éloignées de toute apparence de raiſon, & qui les écrit pour les perſuader aux autres ? Qui ne riroit, dis-je, de le voir implorer le ſecours du Ciel, pour s'empêcher de croire une conjecture ſi vrai-ſemblable

semblable, & qui sert de preuve à un fait, tres-étonnant &
tres-singulier? Je suis surprise
que le R. P. au lieu de contre-
dire ma conjecture, n'ait eu
recours à son ancien principe
& à son argument favori, &
qu'il n'ait dit que ces passages,
où cette conformité avec nos
Livres saints paroît si sensible, ont été ajoûtez au texte
d'Homere par quelques Moines oisifs, qui ayant lû le Livre de Job, celui d'Isaïe, &
l'Epître de S. Pierre, se sont
amusez à fabriquer de ces im-
postures. Des Moines, qui vers
le treizième siécle ont tant
ajoûté à Plaute, à Ovide, à
Terence, à Virgile, & à Ho-

B

race, pourroient bien avoir
cousu à Homere ces lambeaux
de leur façon.

*C'est de la beauté de l'Iliade en
soy qu'on dispute*, dit-il : *les uns
alleguent en faveur de leur sentiment les autoritez les plus respe-
ctables ; mais d'autres ne se con-
tentent pas de ces autoritez, ils
veulent des raisons, & ils se plai-
gnent qu'on ne leur en donne pas,
au moins qui soient bien convaincantes.* Les raisons qu'on a données aprés Aristote, & tous les
plus grands hommes de l'Antiquité, sont si convaincantes
pour tout homme qui raison-
ne, qu'il n'y a point de de-
monstrations plus fortes. Mais
le R. P. ne les trouve pas tel-

les , & cela n'eſt pas bien ſur-
prenant ; quand on veut éta-
blir des nouveautez inoüies, il
faut ſapper les fondemens de
tout ce qui eſt ancien. *J'entre-* pag 51
prens , dit-il , de juſtifier Homere
par de bonnes preuves , principale-
ment ſur la perfection eſſentielle
du Poëme, qui eſt le deſſein. C'eſt-
à-dire , je foule aux pieds les
autoritez les plus reſpectables,
je rejette les preuves que tous
les grands hommes ont données , & je donne les miennes
comme les ſeules marques du
vrai. Mais on verra que toutes
ces preuves, je n'en excepte
pas une ſeule , ſont autant de
taches à la Poëſie d'Homere.

D'abord ce R. P. donne

dans la cenſure qu'a imaginée un méchant Critique moder-

pag. 8. ne. *La colere pernicieuſe d'Achille n'eſt qu'une paſſion, dit-il; & une paſſion, quelle qu'elle ſoit, ne ſçauroit être le ſujet d'un Poëme Epique.* La colere eſt certainement une paſſion; mais une colere pernicieuſe à tout un parti, eſt une action. Achille poſſedé par ſa colere, s'emporte contre Agamemnon, il tire l'épée contre lui pour le tuër, il le quitte, il emmene ſes troupes & les empêche de combattre, il eſt inflexible à toutes les ſoûmiſſions de ſon General, & rejette toutes ſes offres. Peut-on appeller cela une ſimple paſſion? Et n'eſt-

ce pas une action tres-écla-
tante & tres-marquée ? Je pro-
pose à ces grands Critiques un
exemple de nos jours , & je
leur demande, à la Bataille de
S. Denis, quand le Comman-
dant des Troupes de Brande-
bourg refusa en face au Prince d'Orange de marcher au
combat., y a-t-il jamais eu
quelqu'un qui ait appellé ce
refus une passion , & toute la
terre ne l'a t-elle pas toûjours
appellé une action ? J'ai hon-
te de m'amuser à ces bagatel-
les , que la saine Critique ne
peut regarder qu'avec mépris.

Le R. P. porte le même esprit sur tous les monumens
les plus serieux, & qu'on doit

prendre le plus à la lettre, je
veux dire fur les medailles. Il
fe jouë de leurs Legendes,
comme on fe jouë des bouts-
rimez qu'on remplit à fa fantaifie, & à qui on fait dire
tout ce qu'on veut. Pour donner carriere à fon imagination, il a imaginé ce bel expedient de ne pas prendre les
mots dans leur entier ; mais
de faire des lettres, qui les
compofent, autant de lettres
initiales d'autant de differents
mots, par le moyen defquelles il trouve tout ce qu'il veut,
& des chofes à quoi on n'a jamais penfé, & détruit les fens
les plus juftes, les plus nobles,
& les plus vrais. En voici des

exemples. Dans le XX.Livre de l'Iliade, il y a un paſſage celebre, par lequel il paroît qu'Enée & ſes deſcendans ont regné à Troye, ce qui détruit viſiblement le voyage d'Enée en Italie, & par conſequent la pretention d'Auguſte, qui vouloit deſcendre de Venus par Enée. Le R. P. donne les mains à cette verité; il reconnoît que ce voyage d'Italie eſt un Roman, & j'en avois fait une remarque qui met la choſe dans tout ſon jour. Que fait ſur cela ce ſçavant homme? Il veut à toute force faire deſcendre les Romains des Troyens, & voici comme il s'y prend. *Cela n'empêche pas,*

pag. 27. dit-il, que les Romains ne defcen-
dent des Troyens, c'est ce que fignifie la Medaille que Mr Seguin a
publiée, & qui a pour infcription
d'un côté ΙΛΙΕΩΝ, parce qu'elle a
été frappée à Troye, & de l'autre
ΕΚΤΩΡ. Ce n'eft pas le nom du
Heros, comme on a crû, car à quel
deffein mettroit-on fur les Medailles le nom d'un Prince qui n'a fait
rien d'éclatant, que l'on fçache, &
qui n'eft celebre que par fon malheur? ce font prefque toutes lettres
initiales qui fignifient là & fur un
medaillon de l'Empereur Severe,

EK EK Τρωων Ωρμωντο Ρωμαιοι ; les
T Romains font iffus des Troyens.
Ω Il n'y a rien de plus plaifant
P. que cette explication, ni de
plus rifible que cette deman-
de,

de, *à quel deſſein mettroit on ſur les Medailles le nom d'un Prince qui n'a rien fait d'éclatant que l'on ſçache.* Quoi aprés tout ce qu'Homere a dit d'Hector, aprés tous les grands traits dont il l'a deſſigné, aprés qu'il nous l'a repreſenté comme le ſeul rempart de Troye, les Troyens n'auront pû, pour l'honnorer, marquer ſur leurs Medailles le nom de ce Heros ? *Il n'a rien fait d'éclatant que l'on ſçache.* Les Troyens étoient donc de grands ſots, d'honorer Hector comme un Dieu, pendant qu'il combattoit pour eux, & plus ſots encore de luy avoir deferé aprés ſa mort les honneurs divins ?

C

Le R. P. a vû sans doute des Journaux du siege de Troye, qui contredisent ce qu'Homere a dit d'Hector. Il ne veut pas absolument qu'Hector soit un Heros : *On demande, dit-il, si Homere nous donne Hector pour un Heros ou pour un lâche* Je ne croi pas que jamais personne ait fait une demande si ridicule. Voici la sage

pag. 43. réponse du R. P. *Je réponds, il n'est ni l'un ni l'autre ; mais c'est un brave qui est bien malheureux d'être le fils de Priam, & le frere de Pâris.* N'est-ce pas bien répondu ? Cependant ce sçavant

pag. 38. Pere vient de nous dire *qu'il falloit à ce HEROS une sepulture digne de lui, que sa naissance*

& *sa valeur demandoient qu'on lui fît des obseques magnifiques, & qu'il falloit que les Dieux donnassent aprés sa mort des preu- ves de l'estime qu'ils faisoient de sa vertu.* Le voilà reconnu HEROS, & le R. P. lui don- ne lui-même le titre qu'il lui refuse.

Mais revenons à la Medail- le, comment le R. P. a-t-il pû se mettre dans la tête que ce mot ΕΚΤΩΡ n'étoit pas le nom de ce Heros; mais que c'étoient les lettres initiales de quatre differens mots? Il a rapporté lui-même ces Me- dailles de Marc Aurele, de Commode, de Severe, & de Gordien, où cet Hector des

Iliens eſt ſur un bige dans les unes, & ſur un quadrige dans les autres. Le R. P. nous dira tantôt que *Junon étoit aſſez de qualité pour aller ſur un Char au moins dans un Poëme.* On peut dire de même d'Hector, il étoit aſſez de qualité pour aller ſur un Char au moins dans des Medailles. Un Heros peut être repreſenté ſur un Char ; mais pourroit-on jamais y mettre la note de l'origine d'un peuple,& l'y mettre ſous la figure d'un Heros,qui tient même de la main gauche une Victoire ? Cette inſcription, *les Romains ſont iſſus des Troyens,* Perſonnifiée & miſe ſur un Char ſous la figure d'un Guer-

rier qui tient une Victoire, feroit la chofe du monde la plus
ridicule , & il n'eft pas poffi-
ble que cela foit jamais venu
dans l'efprit de quelqu'un.

Voici encore une chofe affez finguliere: un de mes amis
ma avertie que le R. P. a rapporté lui-même du Cabinet
du College une medaille toute femblable où le mot EKTΩP
n'eft pas tout du long ; mais
en abregé EK. & qu'il a lui-
même expliqué ce mot abregé EKTΩP. Je lui demande
donc s'il pretend auffi que
dans cette Medaille le mot
Hector renferme les lettres
initiales de quatre differens
mots, & qu'il eft pour faire

entendre que les Romains
font iſſus des Troyens : c’eſt
ce que cette abreviation ne
ſçauroit jamais permettre. Il
faut donc qu’il reconnoiſſe
ſon erreur, & qu’il avouë que
cette Medaille des Iliens a été
frappée à l’honneur d’Hector.

Puiſque j’en ſuis ſur les Medailles, je parcourrai ici celles dont le R. P. parle dans
cet ouvrage ; car elles donnent une grande idée de ſon
imagination. Dans celle de
Jule Ceſar, où l’on voit la
tête de cet Empereur avec l’é-
toile de Venus au deſſus, &
cette inſcription DIVOS
IVLIVS, qui eſt ce qui ne

croiroit pas que c'eſt pour dire
ſimplement que Jule Ceſar
a été reçu au rang des Dieux,
Divus factus eſt? Point du tout;
cela eſt trop ſimple & trop
naturel, il faut bien plus de
myſtere. DIVOS n'eſt pas
là un ſeul mot comme le
croyent les ignorans, ce ſont
cinq mots indiquez par leurs
lettres initiales *Divus Junctus,*   D
Veneri Orbis Sidus. Quelle ſaga-   I
cité qui ne ſe rebute pas mê-   V
me pour la barbarie de l'ex-   O
preſſion !   S

En voici un autre, où en
verité, ſi l'on ne connoiſſoit
pas la pieté du R. P. on croiroit qu'il n'auroit pû deviner
ſi juſte ſans quelque pacte ;

Dans les Medailles des deux
Fauſtines on trouve cette-In-
ſcription. IVNONI SOS-
PITAE. Tous les ignorans
ont bonnement crû que cela
ſignifioit *à Junon qui ſauve*, &
que c'étoit pour honnorer les
Imperatrices en les repreſentant ſous le nom de la femme
de Jupiter, & pour les flatter
de quelque ſervice important
rendu à l'Etat; car *Soſpita* ſignifie proprement *qui ſauve*;
mais c'eſt bien autre choſe.
Dans SOSPITAE ſont les lettres initiales de huit mots que
voici, *Servatrici*, *Orbis*, *Sacra*,
*Peragi Imperator Titus Antoni-
nus Edixit.* N'eſt-ce pas brave-
ment deviner ? Il eſt vrai que

pag. 171.
S
O
S
P
I
T
A
E.

dans quelques autres Medailles il y a SISPITAE, mais ce changement de lettre n'embarrasse pas le R. P. Comme dans les premieres O est pour *orbis*, dans les dernieres I est pour *Imperii*: cela va tout seul.

Il y a une celebre Medaille où l'on voit d'un côté la figure d'une femme qui a des cornes au haut du front, & qui est representée avec de grosses mammelles, & autour est cette legende ΘΕΟΥ ΠΑΝΟΣ. Les ignorans ont expliqué cette Medaille, en disant que la femme est la Deesse Isis, qui representoit la Lune, & que la legende ΘΕΟΥ ΠΑΝΟΣ, signifioit qu'Isis étoit la Na-

ture, ou la fecondité de la
Nature defignée par Pan, car
ΘΕΟΣ fe dit également des
deux fexes, comme *Deus* en
Latin, on fçait qu'Ifis fe vante
d'être la Nature, la Mere de
tout. Mais fi l'on en croit ce
fçavant Critique, ce font de
pures reveries. Dans cette Infcription ΘΕΟΤ ΠΑΝΟΣ, l'imagination du R. P. n'ayant pû
trouver à chaque lettre fon
mot, comme il l'auroit bien
fouhaité, fe réduit à faire un
autre affemblage. Il fepare le
premier mot en deux, de chacun defquels il donne les deux
premieres lettres, & dans le
fecond il fait des quatre premieres lettres le commence-

*pag.*177.

ment d'un autre mot, & de la derniere lettre il fait la lettre initiale du nom. Et voici la legende entiere telle qu'il l'a imaginée, ΘΕα ΟΥρανια ΠΑΝΟ-πολιτων Σαβεινα. *Dea celeſtis Pano politarum Sabina.* Car, dit-il, *c'eſt ce que les habitans de Pa-nople diſoient de Sabine femme de l'Empereur Adrien.* La cire molle n'eſt pas plus obeiſſante à la main de l'Ouvrier, que les mots des Medailles ſont obeiſſans à l'imagination du R.P.

ΘΕ ΟΥ ΠΑΝΟ Σ

   Enfin en voici un autre qui n'eſt pas moins divertiſſante. *Ceux de Narbonne, dit-il, mirent* *pag.* 278. *à l'honneur de Julia Domna, fem-me de l'Empereur Severe, cette*

Inscription apportée par Occo VE-NOS GEN. Il n'y a perſonne qui ne croye d'abord que c'eſt pour faire la cour à l'Impera-trice, en lui donnant le nom de *Venus genitrix* pour vanter ſa fecondité, mais c'eſt une erreur groſſiere. Voici le R.P. revenu à ſes lettres initiales, qu'il affectionne beaucoup. Ce VENOSGEN enfante huit mots que voici, *Veneris Exoriens Novum Orbi Sidus Gaudium Eſt Narbonenſium.* Qui s'en ſeroit jamais douté ?

Je n'ai rapporté ces mer-veilleuſes explications, que pour faire voir que ſi le Pere Hardoüin ſe jouë avec tant de licence des legendes des Medailles, qui font comme des mots confacrez, il ne faut pas être furpris des libertez qu'il fe donne fur le Poëme de l'Iliade.

Revenons à Homere, & examinons les deux propofitions principales qui font le fujet du Livre du R. P. Cela fera bientôt vuidé, je fuis même perfuadée que de tous ceux qui auront lû fon Ouvrage, il y en aura tres-peu qui n'ayent prévenu ma Critique, tant il eft vray qu'elle fe prefente naturellement à l'efprit.

Ce fçavant homme prétend que le deffein d'Homere n'a été connu d'aucun de ceux qui

pag. 6.

ont parlé pour ou contre luy.
*Ce deſſein, dit-il, n'a encore été
apperçû par aucun des deux partis,
quel eſt donc le deſſein d'Homere,
quel eſt ſon principal objet?* con-
tinuë-t-il, *c'eſt la deſtruction entiere de la Maiſon de Priam,
maiſon criminelle & maudite ou
abandonnée des Dieux, &c. C'eſt
le tranſport de la Couronne dans
la branche collaterale, & dans la
perſonne d'Enée, lequel en reſtoit
ſeul, & qui étoit un Prince pieux,
juſte, brave, & cheri des Dieux.*

Voici le fondement de cette
imagination. A la fin du XX.
Livre de l'Iliade, Enée combat contre Achille, & il eſt
prêt de tomber ſous les coups
de ce Heros; Neptune, qui

voit tout d'un coup les suites
fâcheuses que cette mort auroit pour le parti dès Grecs,
s'addresse aux Dieux, & les
exhorte d'arracher Enée des
bras de la Mort, de peur que
Jupiter ne s'irrite si Achille
vient à le tuër : *Car enfin, ajoûte-t-il, les Destins ont promis une
plus longue vie à ce Prince, afin
que la Maison de Dardanus, que
Jupiter a plus aimé que tous ses
autres enfans, qu'il a eus de femmes
mortelles ne soit pas entierement
éteinte ; ce Dieu a une aversion
extrême pour toute la Race de
Priam.* Il ajoûte à cela une
prophetie, *& c'est Enée qui doit
regner sur les Troyens, & après
luy toute sa posterité jusqu'à la fin
des siecles.*

C'eſt de là que le R. P. tire le ſujet du Poëme. *Par là*, dit-il, *on rend aiſément raiſon de tous les Epiſodes. Le premier eſt neceſſairement ou vray-ſemblablement la cauſe de celuy qui le ſuit , on les ramene tous à un ſeul point de vûë. On y goûte le plaiſir de l'unité, on trouve qu'ils ſont tous comme des membres naturels de ce corps , on découvre la proportion qu'ils ont enſemble pour ne faire qu'un tout.* Etrange prévention ! ſelon ce beau plan il n'y a ni ordre, ni ſuite, ni raiſon dans tout le Poëme. Mais c'eſt à quoi Homere n'a jamais penſé, & heureuſement il ne faut pas appeller un Bellerophon à ſon ſecours pour détruire cette chimere,

chimere , je ne fuis qu'une femme , & j'efpere de la détruire tres-facilement.

Il faut de deux chofes l'une , ou qu'Homere ait expofé fon fujet tres-obfcurément , ou qu'il l'ait expliqué d'une maniere claire & fenfible. S'il l'a expliqué obfcurément, voilà le plus méchant de tous les Poëtes ; car il n'y en a pas un feul, même des plus méchans, qui n'ait expofé fon fujet de maniere que perfonne n'y a formé aucun doute, & s'il l'a expliqué nettement , & que perfonne ne l'ait apperçû jufqu'au R. P. Hardoüin pendant tant de fiecles , il faut donc que toute la Terre ait

D

été plongée dans une stupi-
dité profonde, & dans un
aveuglement tres - grossier.
Deux suppositions également
insoutenables. Il est impossible que le plus grand de tous
les Poëtes, celuy qu'aucun
Poëte n'a pû encore, je ne dis
pas surpasser, mais égaler, ait
expliqué obscurément son sujet, ou que l'ayant expliqué
obscurément, tous les plus
grands hommes de tous les
siecles ayent également admiré ce qu'ils n'ont ni entendu ni apperçû. Et s'il l'a exposé d'une maniere nette &
claire, il est de même tres-
impossible que toute la Terre
se soit trompée, & qu'elle ait

été de concert pour attribuer
à ce Poëte un sujet tout different de celuy qu'il a choisi, &
qu'il a expliqué d'une maniere claire & sensible. De quelque côté que le R. P. se tour-
ne, il verra combien il est plus
naturel de dire, que c'est lui
qui s'est trompé. Bien loin que
ce soit luy seul depuis tant de
siecles qui ait connu le veritable sujet de l'Iliade , il est le
seul qui l'ait méconnu. La
difference est assez grande.

    A cette premiere raison
ajoûtons-en une seconde qui
n'est pas moins forte. Comment le R. P. a-t-il pû s'imaginer que le veritable sujet du
Poëme, c'est un point histori-

que jetté en paffant dans un
Épifode à la fin du XX.Livre,
de maniere que dans tout ce
qui précede, c'eft-à-dire, dans
les XIX. Livres , & dans les
deux tiers de ce XX. il n'y a
pas la moindre chofe qui y ait
rapport, & que dans les quatre derniers il n'y a rien non
plus qui y convienne? Par là
Homere n'auroit pas feulement mal expofé fon fujet, il
l'auroit encore plus mal exe-
cuté.

Je dis plus encore; & c'eft
une troifiéme raifon, ce point
hiftorique peut être entierement retranché, fans que le
Poëme en fouffre. Que je re-
tranche de ce XX. Livre ces
deux Vers,

Νῦν δὶ δὴ Αινείαο βίη Τρѽέασιν ἀναξⱥ
Καὶ παῖδες παίδων, τοι κεν μετοπιαθι
γένωνται.

perſonne ne s'appercevra qu'il
manque quelque choſe , &
tout le reſte marchera parfaitement. En effet que Neptune
diſe : *Arrachons donc Enée des
bras de la mort , quoique nous
ſoyons du parti contraire , de peur
que le fils de Saturne ne s'irrite ſi
Achille vient à le tuer ; car enfin
les Deſtins ont promis une plus
longue vie à ce Prince , afin que la
Maiſon de Dardanus, que Jupiter a plus aimé que tous ſes autres
enfans, qu'il a eûs de femmes mortelles, ne ſoit pas entierement éteinte, & ce Dieu a une averſion*

extrême pour toute la Race de
Priam. Que l'on fuprime la
prophetie, *c'eſt Enée qui doit regner ſur les Troyens, &c.* & que
Junon réponde, *Dieu de la mer,
c'eſt à vous de voir ſi vous ſauve-
rez Enée, ou ſi vous le laiſſerez
perir, &c.* Tout ſuit à merveil-
le, on ne deſire rien , le ſujet
marche, & s'explique, le Poëte
va toûjours à ſon but, *ſemper
ad eventum feſtinat,* & perſonne
ne peut dire qu'il manque
rien au texte , & que ſa fable
ſoit imparfaite. Le R. P. a-t-il
jamais oüi dire qu'on puiſſe
retrancher d'un Poëme ce
qui en fait le ſujet, ſans détruire le Poëme ? Voilà certainement un beau ſujet de

*Il faut
voir cet
endroit à
la pag.
194. du
III. Vol.
de ma tra-
duction.*

Poëme, qu'un fujet qui peut
être retranché fans que le
Poëme ceffe d'être ce qu'il eft,
& d'avoir toutes fes parties.

Quatriéme raifon : fi Ho-
mere avoit eu le deffein , que
le Pere Hardoüin lui attribuë,
qui eft de propofer la Race
d'Ilus éteinte, & le tranfport
de la Couronne de la Branche
d'Ilus à celle d'Affaracus, auroit-il jamais intitulé fon Poëme *Ilias*, du nom de la Branche éteinte, & ne luy auroit-il
pas plûtôt donné le nom de
la Branche qui auroit regné ?
Où eft le Poëte qui faifant un
Poëme fur l'avenement de
l'augufte Maifon de Bourbon
à la Couronne par l'extinction

de la Famille des Valois, feroit affez infenfé pour intituler fon Poëme *Valefias*, *la fin*
des Valois, comme le prétend
le R. P. ne luy donneroit-il
pas plûtôt le nom de la Famille regnante? Le fens commun
dit donc qu'Homere auroit
dû intituler fon Poëme, non
l'*Iliade* ; mais l'*Eneide*. Tout à
l'heure je vais détruire l'explication que le R. P. donne
du mot *Ilias*.

En faut-il davantage? Ajoû-
tons une cinquiéme raifon, qui
n'eft pas moins forte que toutes les autres, c'eft qu'Homere
ne dit pas un mot de ce pré-
tendu fujet, & qu'il dit pofi-
tivement qu'*il chante la colere*
du

du fils de Pelée qui a été si funeste aux Grecs, c'est donc la colere d'Achille qui est le veritable sujet du Poëme, & nullement la Famille de Priam éteinte, & le transport de la Couronne de la Branche d'Ilus à celle d'Assaracus. Qui en croira-t-on si on n'en croit le Poëte même? Homere étoit-il si dénué d'imagination & de sens, que s'il avoit eu la vûë que le R. P. luy impute, il n'eût pû faire une exposition claire & nette de son dessein, qui eût d'abord instruit son Lecteur sans luy laisser le moindre doute?

Le R. P. prétend qu'Homere a exposé son sujet dans

E

le titre de son Poëme, & que
cela suffit, Ιλιαδος Ο μ'ρς η αλφα
ραψωδια, qu'il explique *Premier*
Livre des Episodes sur vingt-
quatre de l'*Iliade* qui sont liez, &
pour ainsi dire, cousus ensemble.
L'étrange titre ! le R. P. devoit sentir que ce titre ne peut
être d'Homere : le veritable
titre est Ομ'ρς Ιλιας, l'*Iliade*
d'Homere. Les rhapsodes n'ont
été connus qu'aprés ce Poëte.

pag. 13.

Ce que le R. P. infere de
là, ne paroît pas moins étrange ; *Le nom de l'Iliade*, dit-il,
renferme tout le dessein du Poëme,
c'est la fin de la Maison d'Ilus.
Falloit-il proposer encore au pre-
mier Vers un dessein déja exposé
dans le titre ? Oüy, il le falloit,

p'g. 35.

& le R. P. occupé fans doute
à des études plus importantes,
ne s'eft pas donné le temps de
s'inftruire des regles du Poëme Epique. Le titre ne difpen-
fe nullement le Poëte de ce
devoir. Virgile, qui a annoncé
dans fon titre les avantures
d'Enée, ne laiffe pas d'expofer fon fujet dans les premiers
Vers de fon Poëme. Homere
le fait de même dans fon
Odyffée.

Mais il eft faux même que
ce titre *Ilias*, dife ce que le
R. P. prétend, *la Race d'Ilus*
éteinte. Ce mot ne vient point
d'Ilus, comme il l'affeure avec
fa confiance ordinaire. Euftathe, qui ne fçavoit guere

moins de Grec que le P. Hardoüin, nous apprend la veritable fignification de ce mot.

Dans la
Préface
de ſes
Commen-
taires ſur
l'Iliade
pag. 5.

Il nous dit *que le Poëte n'a pas*
intitulé ſon Ouvrage du nom tiré
d'un ſeul homme, comme il a fait
pour l'Odyſſée, ni du nom des peu-
ples d'Ilion, comme ſi la Poëme
n'eût contenu que le malheur des
Troyens, mais qu'il l'a intitulé
Iliade, c'eſt-à dire, avantures
arrivées au ſiege d'Ilion, τὰ κατὰ
τλὼ Ἴλιον συμπεσόντα, ἤτοι τὰ Τρωϊκά,
Il refute enſuite ceux qui vou-
droient ſoûtenir qu'Homere
a intitulé ſon Poëme *Iliade,*
parce qu'il y eſt parlé des
malheurs des Troyens, & il
aſſeure qu'il n'a eu ce nom
que parce que le ſujet eſt tiré

de la guerre d'Ilion. Ce mot,
ajoûte-t-il, *est un nom dit par*
ellipse, il est même employé dans
les Poëtes tragiques pour ἰλιακὴ, ὁ
ἐςὶ Τρωικὴ. *De même icy* ἰλιὰς *est*
pour βίϐλος ἰλιακὴ, ἤ ἰλιὰς ποίησις,
ἤ ἰσορία ἰλιὰς, comme on a dit
ἰὰς pour ἰωνικὴ, ἰὰς pour ἰωνικὴ
διάλεκτος, *de sorte que de dire l'I-*
liade d'Homere, c'est-à-dire, les
avantures du siege de Troye chan-
tées par Homere, comme ἰλιὰς
μόχη, *est la même chose que* Τρωικὸς
Πόλεμος. Il est étonnant que ce
sçavant homme ait ignoré ce
passage d'Eustathe; ou, s'il l'a
sçû, il est encore plus étonnant qu'il n'en ait pas senti la
force & la verité. Qu'il ne
vienne donc plus nous dire

qu'*Ilias* signifie la destruction
de la Race d'Ilus.

Il n'est pas concevable dans
combien d'erreurs l'a precipité cette étrange prévention,
jusques-là quélle l'a mené à
ne faire qu'un Episode du veritable sujet du Poëme. *Il suffi-
soit dans l'Iliade*, dit-il, *que le
Poëte exhortât la Muse à chanter
avec luy le sujet de la colere d'A-
chille, qui avoit fait coûter tant de
sang aux Grecs, c'étoit avertir
qu'il entroit d'abord en matiere en
racontant l'occasion du premier E-
pisode, duquel tous les autres devoient necessairement suivre.*

Il faudroit un gros Volu-
me pour refuter toutes ces erreurs; il me suffit d'avoir dé-

truit la premiere partie de cet
Ouvrage qui renferme sa premiere propofition, que jamais
le veritable fujet du Poëme
n'a été apperçû ; que ce n'est
nullement la colere d'Achille,
comme toute la terre l'a crû ,
mais l'extinction de la Famille d'Ilus, & la Couronne tranf-
portée de cette Branche à celle d'Aſſaracus.

Paſſons preſentement à la
feconde, où le R. P. établit ſa
feconde propofition fur les
Dieux d'Homere , qui eſt ſelon luy, *ce que l'on a le plus mal
entendu dans l'Iliade.* On va être
bien étonné de voir que ce
ſçavant homme ne s'eſt pas
moins trompé ſur les Dieux

E iiij

d'Homere, que sur le sujet de
son Poëme. Il sçait sans doute
fort bien nôtre Theologie ;
mais pour celle d'Homere,
elle luy est entierement in-
connuë, & il s'est fait un systeme qui ne peut être soû-
tenu.

De sçavans hommes ont
remarqué, & j'en ay profité
dans ma Préface sur l'Iliade,
que la Theologie, qu'Homere
a suivie ; est celle qu'il avoit
trouvé établie de son temps ;
que toutes les Divinitez qu'il
introduit sont allegoriques, &
qu'il en a parlé comme Poëte
Theologien, comme Poëte
Physicien, ou comme Poëte
moral. Comme Poëte Theo-

logien, il a partagé une seule
idée de l'essence simple & uni-
que de Dieu en plusieurs per-
sonnes, comme en autant d'at-
tributs sous les differents noms
de Jupiter, de Junon, de Neptune, &c. Il n'a rien dit de ces
Dieux qui ne soit bon, & qui *V. ma*
ne leur convienne, & qui ne *Préface*
soit même conforme à la ma- *sur l'Ilia-*
niere dont la plus saine Theo- *de.*
logie a parlé. Comme Poëte
Physicien, il fait des Dieux,
des causes naturelles, & il leur
donne des mœurs, des dis-
cours, des actions par rapport
à la nature des choses que ces
Divinitez representent. Enfin
comme Poëte moral, il fait
des Dieux, de nos vertus & de

nos vices. Si l'on examine selon ces trois differents égards,
tout ce qui paroît de plus outré dans Homere, non seulement on le sauvera sans peine, mais on démêlera avec
plaisir tout ce que ce grand
Poëte a caché sous ces allego-
ries & sous ces fables. Il n'y
a rien qu'on ne puisse expliquer par là, & c'est la metho-
de que toute l'Antiquité a suivie, comme nous le voyons
par Eustache, par Plutarque,
par Platon, &c. Il y avoit la
Religion du peuple, & celle
des gens éclairez. Le peuple,
toûjours grossier, s'arrêtoit à
l'écorce, & prenoit tout à la
lettre, & les gens éclairez pe-

netroient cette écorce, & al-
loient au sens caché que Platon appelle ὑπονοίας.

Ce partage si vray-sembla-
ble qui sauve tout, qui explique tout, ne satisfait pas le
R. P. Il aime mieux imaginer
une Theologie tres-fausse, qui
fait tomber Homere dans de
continuelles absurditez, & qui
le rend un Poëte tres-misera-
ble. *Les Dieux d'Homere*, dit-il
d'abord, *ne sont rien moins que* Pag. 53.
ce que l'on en pense ordinairement;
il faut faire voir par l'usage con-
stant d'Homere que ces Dieux ne
sont pas des substances animées ou
intellectuelles, non plus que la Na-
ture ou le Destin d'où ils sortent
selon luy. Dans toute l'Iliade il

ne paroit pas le moindre vestige
d'esprits, soit d'un esprit infini,
anterieur d'une éternité de siecles à
tout l'Univers, & sa cause effi-
ciente extrinseque, qui est le vray
Dieu, soit des Esprits, que nous
appellons Anges ou Demons. Les
Divinitez de l'Iliade ne font presque que les vertus ou les bonnes
qualitez que la Nature, disoient-
ils, donne aux hommes, & principalement aux Heros, comme la
beauté, la noblesse, la force, la
grandeur d'ame, la fidelité conjugale, la politesse, l'affabilité, l'esprit guerrier, la prudence ou l'in-
dustrie, l'amour du gain, les Arts
mêmes, comme la Musique & la
Navigation.

Cette matiere de la Theo-

logie d'Homere est si ample,
qu'elle donneroit lieu à un
gros Volume qui pourroit
être fort utile, où l'on démê-
leroit la naissance & le pro-
grés de l'Idolatrie. Les bornes,
que je me suis prescrites, ne
me permettent pas d'entrer
dans ce détail; je me contenteray donc de refuter cette opinion du R. P. qui prétend que
tous les Dieux d'Homere *ne*
font autre chose que la Nature ou
le Destin ; & les bonnes qualitez
qu'elle donne. Cette imagination me fait souvenir d'un
souper qu'un Bourgeois de
quelque ville municipale don-
na un jour à Auguste, si je
ne me trompe : la table fut

couverte d'une infinité de mets; Augufte, fâché de cette profufion, gronda fon hôte. Celuy-cy luy répondit : *Sei-* *gneur, tout ce que vous voyez-là* *n'eft qu'un mets ; mais varié par le* *different apprêt.* De même dans Homere cette quantité de Dieux, ce n'eft que le feul Deftin diverfifié par differents noms.

Si Homere avoit imaginé fa Theologie, & qu'il en fût le premier Auteur, le P. Hardoüin feroit peut-être pardonnable de l'expliquer à fa fantaifie ; mais ce n'eft point cela. Homere a fuivi la Theologie reçuë avant luy, comme Ariftote l'a fort bien dit dans

le XXVI. Chapitre de sa Poëtique. *Il peut bien être,* dit-il,
*que ce qu'Homere dit des Dieux,
n'est ni vray, ny meilleur de cette
maniere; mais il a suivi ce qu'on
en a publi.* Cette Theologie
est donc plus ancienne que ce
Poëte. En effet nous voyons
par ses Poëmes mêmes que le
culte de toutes ces Divinitez
étoit établi long-temps avant
luy, & en peut-on douter? Les
preuves en font répanduës
dans tous les Livres & faints
& profanes.

Le fysteme du Pere Har-
doüin est de faire du Paga-
nifme un pur Atheifme ; je
n'en devine pas la raifon, mais
il me permettra de luy dire

que ce fyfteme eft tres faux,
& d'une tres-pernicieufe con-
fequence. Je n'ay garde de
vouloir défendre la Theologie d'Homere, elle eft défe-
ctueufe en beaucoup de chofes; mais en beaucoup d'autres, elle eft tres-faine, & dans
ma Préface fur l'Iliade j'ay
prouvé d'une maniere incon-
teftable, que ce Poëte a eû de
la Divinité des idées confor-
mes à nos dogmes, & qu'en
puifant dans les anciennes
Traditions il a reconnu un
premier Eftre, un Dieu fupe-
rieur de qui tous les autres
Dieux étoient dépendants.
Veritablement il ne dit nulle
part que Jupiter eût créé le
Ciel

Ciel & la Terre , & qu'il eût
tiré toutes chofes du neant ;
mais un Poëte Payen pouvoit-
il tout fçavoir ? Et d'ailleurs
ne releve-t-il pas la majefté
& la puiffance de ce Dieu en
l'appellant *Pere des Dieux &
des hommes* ? Par là il le fait le
pere de toute la Nature , &
par confequent toute la Nature eft fon ouvrage , car c'eft
une pure vifion de dire , comme fait le R. P. que Jupiter
eft appellé *Pere des Dieux &
des hommes* , *parce que tout ce qui
écoule de ce Dieu eft une portion
emanée de luy-même, ce qui ne fignifie autre chofe , finon que la
Nature ou le Deftin heureux eft
l'origine ou la caufe intrinfeque*

E

des bonnes qualitez que poſſedent les hommes. Ce n'eſt pas raiſonner, & j'oſerois preſque dire que c'eſt rêver.

· Si Homere n'a connu que le Deſtin, ou la Nature ſeule, ni d'autres Dieux que les differentes qualitez qu'elle donne, voilà un Atheiſme parfait, mais c'eſt une imagination inſoutenable en toutes manieres. L'Atheiſme eſt tres-different de l'Idolatrie. Le premier ruine & renverſe toute Divinité & toute Religion, au lieu que l'autre reconnoît des Dieux, & n'eſt qu'une corruption, une dépravation de la Religion naturelle, c'eſt une fauſſe Religion inventée ſur

la Religion legitime & veritable. Les Idoles sont nés de
la connoissance imparfaite
que les Nations avoient de
Dieu, des Anges, des De-
mons; tels étoit les Idoles que
Rachel déroba à Laban son
pere., & que Jacob fit ensuite
enterrer sous un arbre prés de
Sichem. Ces Idoles n'étoient-
elles que des figures du Destin, des figures des bonnes
qualitez qui en découlent?
Dans le XVI. Livre de l'Iliade, & dans le XIV. de l'O-
dyssée il est parlé d'un ancien
Temple que Jupiter avoit à
Dodone, où les Selles, Mini-
stres de ses Oracles, luy offroient continuellement leurs

parfums, & le servoient avec
une austerité tres-grande ,
couchant toûjours à terre , &
renonçant au bain. Le R. P.
voudra-t-il nous persuader
que c'étoit-là un culte que
l'on rendoit au Destin & aux
bonnes qualitez qu'il donne?

Dans le XIX. Livre de l'O-
dyssée, Homere nous dit que
l'ancien Minos alloit tous les
neuf ans dans l'antre de Jupiter, pour joüir de la conver-
sation de ce Dieu , & pour re-
former ses Loix selon l'exi-
gence des cas. Le R. P. ose-
roit-il nous dire que ce Prince
allo t consulter le Destin &
les bonnes qualitez dont il est

le diftributeur & recevoir leurs ordres?

Quand Pythagore, bleffé des indécences qu'Homere attribuë aux Dieux, difoit *que l'ame de ce Poëte étoit feverement punie dans les Enfers, pour avoir parlé des Dieux d'une maniere fi peu convenable à une fi grande majefté,* le R. P. voudra-t-il foûtenir que ce Philofophe entendoit qu'Homere fouffroit tous ces tourmens, pour avoir mal parlé des bonnes qualitez que la Nature donne aux hommes, & principalement aux Heros? de la beauté, de la force, de la nobleffe, de la grandeur d'ame, &c. Qui eft-ce qui pourroit l'entendre patiemment?

Quand Ciceron a dit *qu'Homere avoit donné aux Dieux les vices des hommes, & qu'il auroit mieux aimé qu'il eût donné aux hommes les vertus des Dieux*, par ces Dieux entendoit-il les bonnes qualitez que la Nature donne?

Mais ne fortons point d'Homere. Comment le R. P. a-t-il pû avancer que Jupiter & les autres Dieux ne font que le Deftin, lorsqu'on voit dans ce Poëte même que le Deftin & Jupiter font tres-differents, & que le Deftin eft oppofé à Jupiter? Dans le XVI. Livre de l'Iliade, quand Jupiter balance s'il fauvera Sarpedon de la mort, Junon luy répond, *Quoy! vous arracheriez des bras de la Mort un Mortel que le Destin a condamné depuis long-temps, & que ses decrets ont conduit à sa derniere heure?*

Je ne comprends pas comment ce R. P. a pû s'imaginer que les Dieux d'Homere ne sont pas des substances animées & intellectuelles, les Payens auroient-ils été assez stupides & assez grossiers pour adorer des Dieux inanimez & privez d'intelligence ? Que deviendront les sacrifices, les libations qu'ils leur faisoient continuellement, les fêtes qu'ils celebroient à leur honneur, & les prieres qu'ils leur

adreſſoient ? faiſoient-ils ces
fêtes, ces prieres aux bonnes
qualitez que le Deſtin diſtri-
buë?

Je me laſſe de combattre
des imaginations qui n'ont
pas le moindre fondement.
On ne ſçauroit ouvrir les Livres d'Homere ſans trouver
des paſſages formels qui les
détruiſent. *Les Dieux d'Ho-*
mere, dit le R. P. *ne ſont pas des*
ſubſtances animées ou intellectuel-
les, non plus que le Deſtin ou la
Nature d'où ils ſortent.

Dans ce celebre paſſage du
XVII. Livre de l'Odyſſée, où
un des pourſuivants dit au
violent Antinoüs qui venoit
de maltraiter extremement
Ulyſſe,

Ulysse, *Que deviendrez-vous malheureux, si cet Etranger est quelqu'un des Immortels ? car souvent les Dieux, qui se metamorphosent comme il leur plaît, prennent la figure d'Etrangers, & vont en cet état dans les Villes, pour être témoins des violences qu'on y commet, & de la justice qu'on y observe,* Est-ce le Destin qui se travestit ainsi pour aller dans les Villes ? Sont-ce les bonnes qualitez qui en découlent ? La plaisante mascarade que les vertus & les bonnes qualitez qui vont roder dans les Villes déguisées en Etrangers !

Comment a-t-il donc pû venir dans l'esprit du R. P.

G

que les Dieux d'Homere ne
font pas des fubftances animées & intelligentes ; mais
feulement des qualitez qui
découlent de la Nature, ou du
Deftin ? Hefiode étoit con-
temporain d'Homere, ou il le
fuivit de fort prés. Ce Poëte
La Theo- a fait un Poëme de la Genea-
gonie. logie des Dieux, où il explique leur naiffance. Je deman-
de au R. P. Hefiode a-t-il
voulu nous décrire la naiffance des bonnes qualitez que
diftribuë le Deftin? Ne voit-
on pas que les Dieux, dont il
parle, font des perfonnes animées & intelligentes ? Ces
Dieux n'étoient pas des Dieux
nouveaux, c'étoient des Dieux

reconnus & adorez de tous les
Payens. Pourquoy Homere
se seroit-il donc éloigné de
cette Theologie reçuë? Et
pourquoy auroit-il imaginé
des Dieux à sa fantaisie, des
Dieux entierement inconnus
à son siecle, & à tout le Paga-
nisme, & qui n'avoient pas
dans la fable le moindre fondement? Cela est insoutena-
ble en toutes manieres.

Faut-il presser encore davantage le R. P? Il nous dit
que dans l'*Iliade*, quand quelqu'un pag 276.
est appellé fils de Venus, *c'est l'af-*
fabilité, l'art de plaire, les manie-
res douces, engageantes & insi-
nuantes, qui gagnent les cœurs,&
que hors de là, c'est l'inclination,

G ij

ou la paſſion pour les femmes dans
l'Iliade. Quoy ! quand Enée ſe
dit fils de Venus, veut-il dire
qu'il eſt *l'affabilité*, *l'art de
plaire?*

Que veut-il donc dire ?
N'eſt-il pas viſible qu'il entend, & qu'il veut faire entendre qu'il eſt fils d'une Déeſſe,
& par conſequent d'une ſub-
ſtance animée & intelligente?
Auguſte, qui vouloit deſcendre de la même Divinité par
ce Prince , prétendoit-il ne
dire autre choſe, ſinon qu'il
étoit affable, gracieux, & qu'il
avoit les manieres douces &
engageantes? Virgile a ſuivi
la même Theologie qu'Ho-
mere. Le R. P. nous dira-t-il

que du temps de Virgile elle avoit changé, & qu'on prenoit alors pour réel ce qui du temps d'Homere n'étoit qu'allegorique ? Qu'il nous marque donc en quel temps depuis Homere cette nouvelle Religion a commencé.

Je prie le R. P. de souffrir encore mon importunité : Quand après le meurtre des poursuivants, Euryclée va éveiller Penelope pour luy annoncer la grande nouvelle qu'Ulysse est dans son Palais, & qu'il a tué tous les Princes, & que Penelope ne pouvant la croire, ni ajoûter foy à un exploit si prodigieux, luy répond, *que ce n'est point Ulysse,* que c'eſt quelqu'un des Immortels, qui ne pouvant ſouffrir les violences & les mauvaiſes actions de ces Princes leur a donné la mort, Que veut dire Penelope ? veut-elle dire que c'eſt quelqu'une des grandes qualitez qui découlent du Deſtin, qui a fait ce meurtre ? Cela ſeroit aſſez nouveau.

Il faut admirer juſqu'où va la prevention, même dans les plus ſçavants hommes. Homere au III. Livre rapporte cette priere d'Agamemnon : *Jupiter, pere des Dieux & des hommes. . . Soleil qui voyez & qui entendez toutes choſes, Fleuves, Terre, & vous Divinitez infernales qui puniſſez les parju-*

Tom I. pag. 115.

res, &c. Le R. P. ne peut s'empêcher de reconnoître là des
Dieux, & il luy eſt impoſſi-
ble d'avoir recours à ces bonnes qualitez qui emanent de
la Nature. Voicy comme il
coupe ce nœud pluſque Gor-
dien : *Ce ſont-là les Dieux de la* pag. 150.
ſuperſtition Payenne, dit-il, *mais*
les Dieux de la Poëſie ſont autres,
excepté Jupiter, & les Furies, qui
ſont les mêmes par tout. Homere
connoiſſoit donc les Dieux de
la ſuperſtition Payenne; pourquoy donc ne les auroit-il pas
mis dans ſa Poëſie tels qu'il
les connoiſſoit? Et pourquoy
n'auroit-il imaginé que des
Dieux metaphoriques pour
ſon Poëme?

G iiij

C'eft avec la même adref-
fe, & le même fuccès, que ce
fçavant homme elude l'argument qui fe tire de ce que
Neptune dit à Apollon dans
le XXI. Livre : *Ce Roy violent*

Tom. III.
pag 237.

& injufte , (Laomedon) nous
priva du fruit de nos travaux, &
ne fe contentant pas de retenir nô-
tre falaire , il nous renvoya dure-
ment & avec menaces ; il jura
qu'il nous feroit tranfporter pieds
& poings liez dans une Ifle fort
eloignée , & qu'il nous traiteroit
avec la derniere indignité. Le
Grec dit , *& qu'il nous feroit*
couper les oreilles. Cela fait quelque peine au R. P. qui voit
bien que ces Dieux font icy
des perfonnes, des fubftances

animées, car on n'envoye pas
vendre les bonnes qualitez
dans les païs eloignez, & on
ne leur coupe pas les oreilles.
Que fait-il donc pour se tirer
d'embaras? Il a recours à ce
bel expedient de dire, que
Neptune & Apollon sont icy
les Bergers. *Tout de bon*, dit-il, *pag. 218.*
Homere a-t-il pû sericusement
mettre icy Apollon & Neptune,
& dire que Laomedon les avoit
menacez de leur couper les oreilles,
si par Apollon & Neptune il en-
tend deux substances intelligentes
& purement spirituelles, ou autre
chose que les Bergers & les Ma-
telots? Ce *tout de bon* est bien
fort. Mais pourquoy Homere
n'auroit-il pas pu les mettre

icy , & concevoir que ces
Dieux ayant pris la forme
d'hommes & d'esclaves pou-
voient fort bien être maltrai-
tez , & être menacez d'avoir
les oreilles coupées? Cela est-
il plus extraordinaire que d'i-
maginer que l'un bâtissoit
pour Laomedon les murailles
de Troye, & que l'autre gardoit ses troupeaux , comme
Neptune vient luy-même de
le dire?

Que le R. P. me permette
de luy demander , quand il
fait tant valoir la protection
que les Dieux accordent à
Énée en plusieurs endroits de
l'Iliade, Qui sont ces Dieux ?
Sont-ce les bonnes qualitez

qui découlent de la Nature ? Voudroit-il le soûtenir ? Tout le monde en sentiroit d'abord le ridicule. Ce sont donc des Dieux , des substances animées & intelligentes. En effet il n'y a que des substances animées & intelligentes , qui puissent favoriser un Prince à cause de sa pieté, & le destiner au Trône. Mais cette protection si declarée, & ce dessein des Dieux, ne sont pourtant pas des raisons pour faire croire que la Couronne, qui luy est devoluë par l'extinction de la Famille d'Ilus, est le veritable sujet du Poëme : cela est tout à fait étranger.

Enfin , & ce sera ma der-

niere raifon, c'eft une regle
des plus effentielles du Poëme
Epique, & que j'ay affez établie dans ma Préface, que le
Poëte doit faire intervenir la
Divinité pour fonder ce qu'il
avance de prodigieux , qui
fans cela feroit incroyable , &
pour infpirer à fes Lecteurs
des fentimens de pieté , en
leur enfeignant que c'eft Dieu
qui conduit tout par fa provi-
dence, & qui eft l'Auteur de
tout ce qu'on fait de grand &
de bon. Le R. P. par fa nouvelle Theologie prive les Poëmes d'Homere de cette grande utilité; ces Poëmes ne donnent que des leçons impies, &
tout ce qui s'y fait de prodi-

gieux , fe fait par les feules forces de la Nature, fans que Dieu y ait aucune part : ce qui tombe dans ce que le Poëte veut & doit éviter , & qui ruine toute la vray-femblance de ce qu'il rapporte.

Voilà donc cette feconde propofition du R. P. fur les Dieux d'Homere fuffifamment détruite. Cependant comme la fauffeté d'un fyfteme paroît encore mieux par les explications forcées où il jette neceffairement fon Auteur , parcourons icy quelques-unes des explications que ce fçavant homme donne à quelques paffages d'Homere pour appuyer ce qu'il a avancé. Cette par-

tie de fon Ouvrage fourniroit
beaucoup à qui voudroit en
profiter. J'en uferay moderé-
ment, bien feure que le Lecteur fuppléra à ce que ma dif-
cretion & l'eftime que j'ay
pour le P. Hardoüin m'empê-
cheront de luy dire.

Rien n'eft plus plaifant que
l'explication qu'il donne à la
fable, qui eft dans le I. Livre
de l'Iliade, *de Jupiter que les
autres Dieux Junon, Neptune,
Minerve, avoient refolu de lier,
& que Thetis fauva de ce danger
en appellant dans le Ciel le Geant
à cent mains, que les Dieux nom-
ment Briarée , & les hommes
Ægeon.* Il prétend *que Thetis*
pag. 63. *eft la Marine ou l'art de la Na-*

vigation que *Pelée poffedoit com-*
me fon fils Achille. D'où eft-ce
que le R. P. a tiré que Pelée &
Achille étoient fi habiles Na-
vigateurs ? *Que Junon eft le De-*
ftin & la Fidelité conjugale, qui
n'ofoit fe hafarder à aller fur mer
venger l'injure qu'elle avoit reçuë
de Pâris. Thetis, c'eft à-dire, la
Marine, s'étant offerte d'armer
une groffe flotte, Jupiter, c'eft à-
dire, le Deftin, fe trouvant ainfi
secondé, ne fut pas lié, c'eft à-dire,
que tout reäffit comme il devoit.
Mais Junon étant auffi le Deftin, c'étoit donc le Deftin qui
vouloit lier le Deftin ? D'ailleurs comment le R. P. n'a-
t-il pas fenti que c'étoit une
ancienne fable anterieure au

fiege de Troye ; c'eſt ce
qu'Homere fait aſſez entendre, en faiſant dire par Achille à Thetis, *je me ſouviens de*
vous avoir ſouvent oüy vanter
dans le Palais de mon Pere.
Quand Thetis ſe vantoit de
ce grand ſervice rendu à Jupiter , il n'étoit pas encore
queſtion de la guerre de
Troye, ni de l'injure faite à
la Fidelité conjugale. Cette
fable eſt un des anciens contes
de la Theologie des Payens.
Ce que le R. P. ajoûte , *que le*
nom d'Ægeon ajoûté à celuy de
Briarée , c'eſt pour faire entendre
que ces Cent bras ne ſont pas des
Soldats ſur terre ; mais les cent
vaiſſeaux qui devoient faire voile
ſur

fur la mer *Egée*, eft digne de tout le refte. Les Grecs n'avoient-ils que cent vaiffeaux ? Homere en compte plus de mille ; il devoit donc pour faire fa fable plus jufte, donner mille bras à cet Ægeon.

L'explication qu'il donne à la fable qui fuit dans le même Livre de Jupiter, qui étoit allé avec les autres Dieux aux extremitez de l'Ocean chez les fages Ethiopiens qui les avoient priez à un feftin, & d'où ils ne devoient revenir que le douziéme jour, n'eft pas mieux fondé. *Par cette fiction*, dit-il, *le Poëte ne* pag. 66. *veut dire autre chofe, finon que l'on fut quelque temps dans l'inac-*

H

tion de part & d'autre. *Les*
Dieux, c'est à dire, la Fidelité
conjugale, l'adresse militaire, &
les autres bonnes qualitez qui s'in-
teressent à cette guerre, reviennent
sur l'Olympe, lorsqu'on delibere
chez les Grecs sur ce qu'on doit
faire au siege de Troye. Le voyage des Dieux en Ethiopie, &
leur retour, pouvoient-ils être
plus doctement expliquez ?

Quand Thetis dit à Jupi-
ter, *comblez mon Fils de gloire;*
c'est la flotte des Grecs qui
souhaite que le Destin soit favorable aux Officiers de marine. Il faut avoüer qu'Homere étoit un joli esprit.

Tom. I.
pag. 72. *La venerable Junon se tût, &*
tous les Dieux du Ciel furent tou-

chez de son déplaisir , c'est-à-
dire, que toutes les vertus nobles s'interessent à ce que celuy qui a violé la Fidelité conjugale soit puni. La belle allegorie !

*L'Olympien s'alla jetter sur un
lit au Soleil couchant, & Junon*
χρυσοθρονος, *auprès de luy.* Homere ne dit point du tout que
Jupiter alla se coucher sur un
lit au Soleil couchant. Il dit,
que sitôt que la brillante lumiere A la fin
du Soleil se cacha dans l'onde, Ju- dit I. Liv.
piter se coucha dans le lit où il de l'Ilia-
avoit accoûtumé de goûter quelque de.
*repos, lorsque le doux sommeil fer-
moit ses paupieres :* cela est bien
different. Si le R. P. est si heureux dans ce qu'il ajoûte à ce

paſſage , il eſt merveilleux dans l'explication qu'il luy donne : *Cela veut dire qu'il ne ſe paſſa rien cette nuit-là dans l'armée des Grecs aſſemblée pour venger la Fidelité conjugale qui avoit eſté violée dans la perſonne d'Helene , c'eſt pour cela que ſon Trône eſt d'or.* Cette raiſon du Trône d'or de Junon n'eſt-elle pas bien trouvée ? Cette Déeſſe a icy un Trône d'or, parce qu'il ne ſe paſſa rien cette nuit-là dans l'armée des Grecs aſſemblée pour venger la Fidelité conjugale. L'admirable raiſon !

Liv. 2. ℣. 145. *Lorſque les vents d'Orient & de Midy ſortis des nuës du grand Jupiter , c'eſt*

On peut voir cet endroit Tom. I. pag. 51.

dit le R. P. *le Destin luy-mesme qui assemble les nuées, c'est-à-dire, le concours des causes naturelles, les loix immuables & necessaires du mouvement dans l'air.* Quelle aversion ce sçavant homme a-t-il pour concevoir qu'Homere a reconnu un Dieu qui assemble les nuës, qui lance les foudres, &c? Il attribuë cela au Destin ; mais dans le Grec il y a *sorti des nuées du Pere Jupiter.* Jamais le Destin a-t-il été appellé *Pere.*

Dans ce II. Liv. pag. 403. *Agamemnon immole au puissant fils de Crone un bœuf de cinq ans.* Immoler à *Jupiter*, dit le R. P. *c'est avant que de rien entreprendre faire un grand regale, pour mar-*

Pagination incorrecte — date incorrecte

NF Z 43-120-12

quer à ſes amis la confiance qu'on a que le Deſtin nous ſera favorable. Le R. P. a bien compris que les ſacrifices étoient des preuves que les Payens regardoient leurs Dieux comme des ſubſtances animées & intelligentes ; c'eſt pourquoy il les convertit en regals qu'on donnoit à ſes amis. Quelle étrange dépravation, non ſeulement pour le ſens des textes; mais encore pour les dogmes & pour les mœurs !

Dans ce même Liv. Ꝟ. 411. il y a une priere qu'Agamemnon fait à Jupiter :

Ζεῦ κύδιστε, μέγιστε, κελαινεφὲς, αἰθέρι ναίων,

que j'ay traduite ainſi : *Grand*

Dieu, dont la gloire & le pouvoir n'ont point de bornes, & qui remplissez l'immensité des Cieux. Cela a déplu au R. P. qui traduit selon son systeme, *Destin qui* pag. 75. *de l'Ether où vous habitez, de l'air où vous formez les nuës, reglez les choses d'icy bas.* Et qui ajoûte cette belle remarque, le Poëte place le Destin dans l'Ether, & dans les nuées ; mais il ne dit pas, comme on luy fait dire dans la Traduction moderne, *qui remplissez l'immensité des Cieux* Cela est plaisant, Homere ne dit pas un mot de ce que luy fait dire le R. P. dans sa Traduction, & il dit tout ce que j'ay dit dans la mienne en suivant non ses termes servilement &

à la lettre ; mais fon idée, qui
eft tres-noble, & que le R. P. a
étrangement defigurée. *Mais,
dit-il, qui rempliffez l'immen-
fité des Cieux, c'eft trop pour le
Jupiter d'Homere, fon reffort eft
refervé dans le concave du Ciel de
la Lune.* Où eft l'Arpenteur,
ou le Commiffaire qui a mar-
qué les limites de fon reffort ?

Dans ce même Liv. ℣. 478.
Homere fait ce beau portrait
d'Agamemnon : *Le Roy A-
gamemnon brilloit au milieu des
combattants avec une fierté incom-
parable ; il avoit la tête & les
yeux de Jupiter quand il lance la
foudre, la taille de Mars, & la
force de Neptune.* Le R. P. traduit à fa maniere, *Agamemnon
parut*

Tom. I. pag. 72.

pag. 76.

parut au milieu de ses troupes avec
la tête & les yeux de Jupiter armé de sa foudre, le baudrier de
Mars & la poitrine de Neptune. Il a expliqué ζωνὴν, le baudrier, trompé par la Traduction Latine, qui dit balteo;
mais ne devoit-il pas s'apper-
cevoir combien ce baudrier
fait mal icy entre la tête & les
yeux de Jupiter & la poitrine
de Neptune? Je ne dis rien de
l'explication qu'il donne de
ce baudrier, en disant que
c'est l'Armée de terre, & que la
poitrine de Neptune, c'est
l'Armée de mer.

Il n'y a rien de plus plaisant que l'explication que le
R. P. donne à la derniere par-

tie de la fable de Lycurgue,
qui est rapportée dans le VI.
Livre de l'Iliade, ℣. 130. Le
Poëte dit que Bacchus luy-
même effrayé de la fureur de
ce Lycurgue, se précipita dans
la mer, que Thetis le reçut
dans son sein & le remit à peine de son effroy, & que cette
énorme impieté alluma contre cet insensé le courroux des
Dieux, il fut frappé d'aveuglement, & la mort fût la pu-
nition de son crime. *Comme*
on craignoit, dit ce sçavant
homme, *que Lycurgue n'exter-*
minât aussi le vin des caves, on
offrit ce vin à Thetis, on le vendit
à la Marine, c'est-à-dire, aux Offi-
ciers marins qui luy firent tres-bon

accueïl. Jupiter ou le Destin voulut après cela, c'est-à-dire, qu'il arriva en effet, que ce méchant Lycurgue mourut enfin, & à la mort on perd la vûë & l'oüie. Cela n'est-il pas bien ingenieux? Quel effort d'esprit d'avoir trouvé ce vin vendu à la Marine? Et ne sommes-nous pas bien obligez au P. Hardoüin de nous apprendre qu'à la mort on perd la vûë avec l'oüie?

Je n'ay pas le temps de suivre toutes ses explications, où paroît la même fleur d'esprit. Je passe donc icy beaucoup de choses, qui trouveront peut-être place ailleurs, & je me contente de parcourir quelques endroits des plus singuliers & des plus agréables.

Dans le VIII. Livre de l'I-
liade, Jupiter dit à Junon, *je
méprise vôtre fureur, soit que vous
alliez aux extremitez de la Terre
& de l'Ocean, dans les lieux où
regnent Japet & Saturne, dans
ces lieux inaccessibles aux rayons
du Soleil, &c.* Que fait sur cela
le R. P ? Au lieu de sentir la
verité de ce que j'ay dit dans
ma remarque, que Jupiter ne
veut dire autre chose sinon,
*soit que vous alliez dans le fond
du Tartare solliciter les Titans, &
les obliger à me venir faire encore
la guerre, &c.* Voicy la docte
& judicieuse remarque qu'il
fait : *Crone est selon la fiction
d'Homere l'état des choses qui a*

p. 94.

précedé la naiſſance du grand ſiécle où nous ſommes, c'eſt ce ſiécle là
paſſé, & Japet eſt le même ſiécle
oublié. L'un & l'autre eſt aux
extremitez de la Terre & de la
Mer, là où un profond Tartare,
c'eſt-à-dire, un parfait & total
oubly les environne. Cela n'eſt-
il pas bien clair, & le texte
d'Homere bien expliqué ?
Quand je lis cela, j'avouë que
je ne ſçay que penſer du R. P.
ſur ſa reputation, je le cherche, & je ne le démêle point.

Voicy une choſe que l'on
auroit de la peine à croire ſi
on ne la liſoit, & qu'on croit
même à peine après l'avoir
luë. Dans le XII. Livre, Hec-
tor dit, ſelon le R. P. Obeiſſons *pag. 57.*

nous autres au Conseil du grand Jupiter, qui regne sur les Mortels & les Immortels. *Le meilleur de tous les augures, c'est de mourir pour sa Patrie.* Après cette belle traduction, suit cette belle remarque : *La resolution de mourir pour la Patrie ne peut venir que du Destin des ames bien nées ; il le faut suivre.* Comment le R. P. n'a-t-il pas senti qu'il n'étoit pas possible qu'Homere eût mis dans la bouche d'Hector une chose si insensée ? Voilà un beau moyen d'encourager des troupes & de les rasseurer, que de leur dire, *que le meilleur de tous les augures, c'est de mourir pour sa Patrie.* Jamais troupes ne regarderont la mort comme le meilleur de tous les augures; aussi Hector n'a-t-il pas le mauvais sens de parler ainsi. Il dit, & cette sentence a toûjours été celebre, & dans la bouche de tout le monde, *le meilleur de tous les augures, c'est de combattre pour la Patrie.*

Εἷς οἰωνὸς ἄριστος ἀμύνεσθαι περὶ πάτρης.

Où est-ce que le R. P. a trouvé qu'ἀμύνεσθαι signifie *mourir*? Comment oser dire à un si sçavant homme qu'il auroit besoin quelquefois de recourir aux traductions, qu'il méprise si fort?

Dans le XIV. Liv. de l'Iliade Junon dit à Venus: *Je vais tout* ^{replaced below}

Tom. II.
pag. 322.

I iiij.

presentement aux extrêmitez de
la Terre chez le vieux Ocean et
la venerable Tethys, qui ont donné
la naissance à tous les Immortels,
et qui autrefois pendant mon en-
fance m'ont nourrie et élevée
dans leur Palais, après m'avoir
receuë de la Déesse Rhea, lorsque
le puissant Jupiter précipita Saturne au dessous des antres de la
terre et des profonds abîmes de la
mer. On ne s'aviseroit jamais
de ce que le R. P. voit dans ce
passage; il n'y a point d'yeux
perçants comme les siens. Homere, dit-il, insinuë icy en passant
la Cosmographie absurde qui étoit
receuë de son temps dans le Paga-
nisme de la Grece et de l'Asie où
il écrivoit. La Terre selon ce sy-

pag. 104.
105.

steme faux & ridicule est toute
plate ; l'Occan l'entoure qui va
dans l'horison jusqu'au Ciel lunai-
re, & sous nos pieds jusqu'à l'in-
fini. Ni dans ce passage , ni
dans les deux Poëmes d'Homere, il n'y a un seul mot,
je dis un seul mot, d'où l'on
puisse inferer que ce Poëte a
donné dans ces absurditez. Aū
contraire sa Cosmographie est
tres-exacte, il a fort bien compris que la Terre étoit ronde ,
& il a dit en propres termes
que le Soleil passoit par dessous. Je ne dis rien de l'étrange explication que le R. P.
donne au reste du passage, on
ne peut la lire sans étonne-
ment.

Qui ne riroit de voir Jupiter dire à Junon, *Faites venir icy Iris & Apollon l'arbaleſtrier, afin qu'Iris, la bonne penſée, aille à l'Armée des Grecs dire à Neptune, &c.* Apollon l'arbaleſtrier, & Iris *la bonne penſée* me paroiſſent fort plaiſants.

Liv. XVII. ℣.426. Les chevaux d'Achille pleurent la mort de Patrocle, Jupiter en eſt touché, &c. Voicy ſur cela la judicieuſe remarque du R. P. *Le Deſtin eſt auſſi ſenſible à la douleur que ſent un cheval, qu'à la mort d'Hector peu auparavant* ℣ 202. *c'eſt-à-dire, que le Jupiter d'Homere n'eſt ſenſible à rien que par une fiction ou proſopopée Poëtique, ainſi eſt le Deſtin.*

pag. 113.

Homére n'avoit-il pas bien de l'esprit d'imaginer cette prosopopée Poëtique, pour dire simplement que son Jupiter étoit insensible à tout? Mais dans le Livre précedent, c'est-à-dire, dans le XVI. Livre, lorsque Sarpedon va s'opposer aux efforts de Patrocle, Homere nous dit, *que Jupiter voyant ce Prince dans ce grand danger, fut touché de compassion, & qu'il s'écria, quelle douleur pour moy!* Est-ce aussi une prosopopée Poëtique, pour dire qu'il est insensible à ce danger, & qu'il n'en est nullement ému?

En verité on ne conçoit pas comment le R. P. pieux, com-

me il eſt, a pû ſoûtenir cette
idée d'effacer des Ouvrages
d'Homere les témoignages
qu'il rend à la bonté de Dieu,
en le repreſentant plein de
compaſſion pour les hommes.
Cette bonté a été generalement reconnuë des Payens,
comme une qualité inſepara-
ble de ſes perfections, & ils
ont reconnu qu'il l'étend ſur
les bêtes mêmes. Que veut
donc dire le R. P. d'ôter à ce
Dieu ſupreme ce grand eloge
de bonté dont les Payens ont
honoré ſon eſſence? Cela doit-
il être ſouffert? Cet Ouvrage
a pourtant été revû & ap-
prouvé par trois Theologiens
de ſa Compagnie, comme

nous l'apprenons de la Permiffion donnée par le R..P.
Provincial. A quoy penfoient
donc ces RR.PP: & comment
trois graves Theologiens ont-
ils approuvé des chofes fi ma-
nifeftement contraires à l'Hi-
ftoire, à la Theologie Payenne & aux bonnes mœurs? Il
faut dire à l'honneur de cette
fçavante Compagnie, qu'elle
n'eft nullement complice de
cette opinion. Elle defavouë
hautement, elle profcrit cet
Ouvrage, & elle en parle en
des termes bien autrement
forts que les miens.

Ce qu'Agamemnon dit au *pag.* 133.
commencement du XIX. Li- 134.
vre de la Déeffe *Até*, de ce

Tom III.
pag. 155.
156.

Demon de discorde, est tres-
défiguré dans la Traduction
du R. P. on n'a qu'à la con-
ferer avec la mienne ; mais la
remarque qu'il ajoûte me di-
pag. 136. vertit : *Cela veut dire que le Destin est que les hommes fassent toûjours des fautes. La faute d'un pere
est d'aller contre les inclinations de
la mere.* Le Destin heureux n'est
pas toûjours pour l'enfant le plus
cheri du pere : c'est quelquefois
pour celuy que Junon, c'est-à-dire,
qu'une mere sage & prudente a
soin de bien élever. Quels beaux
sens le R. P. trouve dans les
fictions d'Homere? *La faute
du pere c'est d'aller contre les inclinations de la mere.* Si cela est ga-
lant, il est encore plus raison-

nable. La faute des peres c'eſt d'aller contre les inclinations des meres. Rien n'eſt plus certain. Je remercie pour ma part le R. P. de la bonne opinion qu'il a des femmes, & du ſage conſeil qu'il donne aux maris. Ce qui me fache, c'eſt que le R. P. aſſeure que le Deſtin eſt que les hommes faſſent des fautes, car c'eſt une tres-mauvaiſe doctrine, & de plus une doctrine formellement oppoſée à celle d'Homere, qui enſeigne *que les hommes ne font des fautes, & ne s'attirent leurs maux que par leur folie, & que les Dieux en ſont innocents.*

Il n'appartient de ne douter de rien qu'à celuy qui *n'i-*

gnore de rien, car je ne fçaurois
mieux employer qu'icy cette
phrafe populaire ; comme le
R. P. fçait tout, il affeure avec
confiance tout ce qu'il dit , &
il nous donne, non des conje-

pag. 138. ctures , mais des Oracles. *Le
Deftin*, dit-il , *eft different de la
Deftinée*, αἶσα ou μοῖρα ; *comme le
general du particulier. En voicy
quelques exemples qu'on a mal entendus, & qu'il faut prendre dans
le fens que je vais dire.* Je fuis ef-
frayée de ma temerité d'ofer
dire à ce grand Critique qu'il
fe trompe dans les chofes même qu'il affeure avec le plus
de hauteur. Jamais Homere
n'a mis cette difference entre
Deftinée & *Deftin*, & jamais il
n'a

n'a regardé le Destin comme un Dieu, mais comme le Decret de Dieu. Pour le prouver je ne veux qu'un seul exemple de ceux qu'il cite, & ce sera l'exemple même qu'il m'accuse d'avoir mal traduit, & qu'il traduit fort mal luy-même. Dans ce XVII. Liv. de l'Iliade Homere dit: *les Troyens* *Tom. III.* *étoient sur le point de remporter* *pag. 77.* *par leur force, & par leur cou-* *rage la gloire de ce combat contre* *les Decrets de Jupiter méme:*

Ἀργεῖοι δὲ κε κῦδος ἕλον καὶ ὑπὲρ
  Διὸς αἶσαν,
Κάρτεϊ κ' σθένεϊ σφετέρῳ.

Et quatre Vers après Apollon luy-même dit à Enée,

K

Αἰνεία, πῶς ἂν ὑπὲρ Θεὸν εἰρύ-
σαιθε

· Ἴλιον αἰπεῖνω ; &c.

Voicy ma traduction: *Enée*
comment sauveriez - vous vôtre
ville contre les ordres mêmes de
Jupiter , comme j'ay vû autrefois
des hommes qui se confiant en leur
force , en leur courage , en leur
vaillance , & dans le nombre de
leurs troupes inaccessibles à la peur,
ont forcé les destinées ? Eh vous
perdez le superbe Ilion, même con-
tre les decrets du Ciel; car, n'en
doutez point, Jupiter aime beau-
coup mieux vous donner la victoi-
re qu'aux Grecs , mais vous vous
dérobez à sa bienveillance par vô-
tre fuite. Le R. P. dit : Ce passage, comme plusieurs autres, n'est

pas bien rendu dans la nouvelle traduction. Et voïcy comme il le corrige: *Enée, comment sauveriez-vous Troye sans être secouru d'un Dieu* ὑπὸ Θεόν. Voilà une erreur tres-grossiere, & contre les termes & contre le sens ; ὑπὸ Θεόν, ne peut jamais signifier *sans le secours d'un Dieu.* Il signifie la même chose que ὑπὸ Διὸς αἴσαν quatre Vers auparavant, c'est-à-dire, *contre l'ordre de Jupiter, contre la Destinée:* Et Διὸς αἴσα est la même chose que Θεός, preuve certaine qu'Homere n'a pas distingué αἴσα la *Destinée* de Θεός, *Destin,* comme il plaît au R. P. de l'appeller. Je prie le Lecteur de lire ma Remarque,

K ij

Tome III... page 443. il fera étonné de l'aveuglement de ce fçavant homme de n'avoir pas au moins entrevu la beauté de ce fentiment que j'ay mife dans un affez grand jour.

Dans le II. Livre ⩚. 400. Homere dit : *Les Grecs offroient des facrifices chacun à celuy des Dieux éternels qu'il adoroit, luy demandant d'éviter la mort dans cette journée.* Le R. P. dit fur cela : *L'un facrifioit à Mars ou à la Valeur, l'autre à Minerve ou à l'Adreffe, l'autre à Jupiter ou au Deftin, l'autre à Apollon, ou à l'Art de bien tirer ; c'eft à dire, que chacun comptoit fur l'avantage, l'habilité, l'adreffe ou la difpofition qu'il croyoit avoir pour*

pag. 148.

vaincre. Selon le R. P. facri-
fier aux Dieux , c'eft donc
compter fur les avantages
qu'on a, ou qu'on croit avoir :
cela eft affez nouveau. Mon
Dieu, que le nombre de ceux
qui facrifient eft grand ! perfonne ne fait plus de facrifices que le R. P.

Dans le III. Livre, les vieillards de Troye affemblez fur
la Tour, voyant paffer Helene, font frappez d'admiration,
& fe difent: *Faut-il s'étonner que* Tom. I.
les Grecs & les Troyens fouffrent pag. 107.
tant de maux & depuis fi long-
temps pour une beauté fi parfaite ,
elle reffemble veritablement aux
Déeffes immortelles. Comment
croit-on que le R. P. explique

cet eloge donné à Helene par
ces Vieillards? *Elle eſt*, dit-il,
*la beauté, la modeſtie, la ſageſſe
même.* Que le R. P. eſt bon!
Une femme qui a quitté ſa
Patrie & ſon mary pour ſui-
vre ſon adultere, eſt, ſelon luy,
la modeſtie, la ſageſſe même.
Homere étoit bien plus ſau-
vage & plus bourru, il ne nous
parle que des larmes & du re-
pentir d'Helene, il fait qu'elle
ſe donne elle-même les noms
les plus horribles, & qu'elle
n'oſe regarder Priam. Elle eſt
bien éloignée de ſe croire *la
ſageſſe même.* Mais à la bonne
heure que le R. P. penſe d'elle
ſi favorablement. Il n'y a
nulle apparence que les Vieil-

lards , qui donnent cet eloge
à sa beauté, pensassent de même d'une personne dont la folie les avoit perdus. *Qu'elle s'en*
retourne sur ses vaisseaux, ajoû-
tent-ils, & *qu'elle ne cause pas*
nôtre ruine, & *celle de nos enfans*
après nous. Voilà une sagesse
bien pernicieuse !

Dans le V.Liv. ℣.178. Enée
dit à Pandarus , *la colere d'un*
Dieu est terrible. Selon le R. P.
qui veut éloigner toute idée
de Divinité, *c'est pour dire seule-**pag.* 152.
ment que toute vertu , ou toute
valeur heroïque est difficile à soû-
tenir , il n'est pas aisé d'y resister.
La belle explication !

Dans le même Livre *Venus*
blessée, signifie, dit-il , *les gens* *pag.* 153.

de qualité, honnêtes, civils & af-
fables qui sont blessez. Qui est-
ce qui ne sera pas charmé de
cette allegorie?

J'admire toûjours les res-
fources de l'esprit du R. P.
pour s'empêcher de recon-
noître des Dieux dans Homere. Dans l'admirable discours
que Phenix fait à Achille au
X. Livre, entre autres belles
choses, il luy dit : *Qu'il ne con-*
vient pas à un homme comme luy
de conserver une haine implacable
& un cœur endurci, & que les
Dieux eux-mêmes se laissent flé-
chir, &c J'ay assez expliqué la
beauté & la verité de ce sentiment ; mais voicy bien une
autre explication. Le R.P. dit
avec

avec sa confiance ordinaire : *pag. 155.*
Lorsqu'ils sacrifioient au Destin,
au Soleil, à la Terre pour avoir
une bonne recolte des vins & des
bleds, si après leurs prieres l'éve-
nement répondoit à leurs souhaits,
ils appelloient cela avoir fléchi les
Dieux. Phenix ne diroit-il pas
à Achille une chose bien sen-
sée & bien capable de le flé-
chir dans cette grande occasion ?

Dans le X. Liv. Agamem-
non, en parlant des exploits
d'Hector dit : *Jamais je n'ay ni*
vû ni entendu dire qu'un Mortel
ait fait en un seul jour tant &
d'aussi grands prodiges que ceux
que ce guerrier favorisé de Jupi-
ter a faits contre les Grecs. Cepen-

L

dant il n'eſt ni le fils d'un Dieu ni le fils d'une Déeſſe Dans ce paſſage le Poëte a employé le mot ὅυπως, & le R. P. l'explique fort plaiſamment , C'eſt par haſard ; & il ajoûte cette judicieuſe remarque : Il n'eſt fils ni d'une Déeſſe ni d'un Dieu , pour dire il n'a nulle excellente qualité , nulle vertu heroique. Selon Homere le Deſtin & le Haſard eſt le même icy, & ſouvent ailleurs. Agamemnon diroit une grande ſottiſe , s'il diſoit qu'Hector a fait tous ces prodiges par haſard ; ὅυπως ne ſignifie point icy par haſard ; Il eſt pour ὅυπως , ainſi, c'eſt-à-dire , comme nous le voyons. Le R. P. eſt le ſeul dans le mon-

Pag. 156.

de qui ait pû imaginer que
Jupiter, le Deſtin & le Haſard
ne ſont ſouvent qu'une ſeule
& même choſe. Comment
accorder le Haſard avec tout
ce qu'Homere dit de Jupiter?

Dans le XV. Livre, quand
Homere dit que *Neſtor leve*
ſes mains au Ciel eſtoilé, & s'é-
crie Pere des Dieux & des hom-
mes, &c. Voicy la judicieuſe
remarque de ce grand Criti-
que : *L'œil ſe porte neceſſaire-* pag. 166.
ment juſqu'aux étoiles ; mais le
Deſtin eſt entre deux , & il ne
s'étend que juſqu'à la ſurface con-
cave du Ciel , où ſont les Planet-
tes. Nous avons bien oüi dire
qu'Ariſtote donnoit la Lune
pour les bornes de la Provi-

dence ; mais où voit-on dans
Homere que le Deftin eft
entre le Ciel étoilé & la fur-
face concave du Ciel des Pla-
nettes ? Voilà une doctrine
affez nouvelle.

La raifon que ce fçavant
homme donne du partage des
Dieux, dont les uns font pour
les Grecs, & les autres pour les
Troyens , eft tres-profonde.

pag. 159.
160.
Par exemple, *Mercure & Vulcain font pour les Grecs; Mercure,
parce qu'ils étoient avides du gain
& du butin.* Mais les Troyens
ne l'étoient-ils pas de même ?
*Et Vulcain , parce que les Grecs
avoient de bonnes armes.* Mais
les Troyens n'en avoient-ils
pas d'auffi bonnes ? Le R.P.

nous dira bientôt luy-même que *Vulcain fournissoit aussi des* pag. 235. *armes aux Troyens, & que c'est pour cela que le Poëte le feint boiteux des deux côtez.* Cette raison de l'incommodité de Vulcain n'est-elle pas doctement imaginée ? Il nous dira encore *que le casque des piquiers de* pag. 258. *Troye étoit à l'épreuve des piques de l'ennemy.*

Mars étoit pour les Troyens, *parce que les Troyens étoient na-* pag. 160. *turellement guerriers.* Les Grecs ne l'étoient-ils point?

Apollon, *parce qu'ils se servoient de fléches à la guerre, & qu'ils dardoient bien le javelot.* Les Grecs ne le faisoient-ils pas de même ?

L iij

Diane, *parce qu'ils étoient bons chaffeurs*. Les Grecs ne l'é-
toient-ils pas auffi?

Latone, *ils avoient pour eux tous les gens de la Campagne.*
Pourquoy Latone fignifie-
t'elle les gens de la Campagne? Quand une Armée eft
campée devant une Ville, ce
n'eft guere la coûtume que
les gens de la Campagne
foient pour les affiegez, &
les affiegeans ne les craignent
guere.

Dans le V. Livre Homere
parle des heures qui gardent
les portes du Ciel. J'ay dit
qu'Homere appelle icy *heures*
les Saifons. C'eft ce que le
R. P. condamne, & il dit qu'*il*

n'entend ni ma *traduction*, ni ma Pag. 164.
remarque. Je suis persuadée
qu'il est le seul qui ne l'entend point. Jamais Homere
n'a connu les *heures* pour les
parties du jour , comme nous
les appellons aujourd'huy , il
ne les connoît que pour les
Saisons , pour les differentes
parties de l'année. Si le R. P.
avoit consulté Eustathe , il se
feroit épargné cette erreur,
τῷ ὄντι γαρ ὦραι τινὲς εἰσιν. ὡς ἔπι- Tom. I.
πολὺ κỳ καιροὶ τεταγμένοι τῷ νεφελῶ- Pag 6c4.
γαι τ᾽ οὐρανὸν εἴτε κỳ μή. *Car dans*
la verité il y a des heures & des
temps déterminez où le Ciel se
couvre de nuages ou s'éclaircit.

Junon dit le R. P. *est par* pag. 169.
tout dans l'Iliade le Destin qui

distribuë aux Dames leurs bonnes qualitez, c'est la grandeur d'ame qui les anime, *& surtout c'est la Fidelité conjugale qui poursuit l'injure qui luy a été faite dans l'enlevement d'Helene.* Les Dames ne tiennent donc rien de Jupiter, elles tiennent tout de Junon. Doivent-elles être contentes ? Pour moy, j'avouë que je ne le serois point ; mais il faut pardonner quelque chose à un homme qui nous a si bien traitées ailleurs. Au reste qui ne sera pas charmé de cette imagination que Junon est le Destin, la Grandeur d'ame, & la Fidelité conjugale. Voilà un assemblage bien merveilleux. Il n'appar-

tient qu'au P. Hardoüin d'a- *Liv. II.*
voir des idées si vastes & si *v. 14.*
étenduës.

Quand Homere dit *que Ju-* pag. 172.
non a fléchi les Dieux; c'est pour
dire *que toute la valeur & l'in-*
dustrie de la Grece conspire à ven-
ger l'injure faite à la Fidelité con-
jugale, elle a gagné les Grecs pour
cela. Qu'Homere a d'esprit,
s'il a eu toutes ces grandes
idées !

Dans le IV. Livre, Junon
dit à Jupiter, selon la traduction du R. P. *Vous êtes plus* pag. 173.
puissant que moy , mais je suis
Déesse aussi, & je suis issuë du
même Pere que vous. Je suis fille
de Crone. On dit que je suis vô-
tre femme , cela signifie : le

Deſtin diſtributeur des bonnes qualitez des Dames eſt de même origine, que le Deſtin diſtributeur des
bonnes qualitez des hommes, ils
ſont à peu près égaux ; mais le
Deſtin des hommes eſt auſſi le Deſtin general, & par conſequent il
eſt le plus puiſſant. N'eſt-ce pas
raiſonner bien profondement?
On dit que je ſuis vôtre femme,
eſt fort plaiſant dans la bouche de Junon. Le R. P. ignore-
t-il que dans la langue Grecque, & dans l'Hebraïque, eſtre
appellé, ſignifie eſtre. J'ajoûte-
ray icy en paſſant que ſi Junon eſt la Fidelité conjugale,
je ne comprends pas pourquoi
Jupiter la gronde ſi ſouvent ;
Eſt-ce que ce Dieu ne veut

pas que la Fidelité conjugale soit vengée? Cela est contre les bonnes mœurs. Il est vray, & il faut l'avoüer, que la Fidelité conjugale est quelquefois si importune & si acariâtre , qu'un mary aimeroit peut-être bien autant un peu plus de complaisance & de douceur, & un peu moins de cette farouche sagesse.

Junon prepare ses chevaux & pag. 174. *son Char, Hebé luy aide.* C'est un passage du Livre V. ℣. 719. c'est-à-dire , *que la Jeunesse Grecque* ἥβη *, s'arme pour venger la Fidelité conjugale , &r prepare ses Chariots. Junon est assez de qualité pour aller sur un Char, du moins dans un Poëme.* Cette fiction d'Homere n'eſt-elle pas bien expliquée, & ce Poëte n'eſt-il pas bien juſtifié d'avoir donné un Char à Junon à cauſe de ſa grande qualité.

Junon eſt aſſez de qualité pour aller dans un Char, au moins dans un Poëme. Cet *au moins dans un Poëme* me ravit. Par tout ailleurs Junon, Reine des Déeſſes, pourroit fort bien aller à pied ou à cheval ; mais dans un Poëme il faut plus de dignité. Le R. P. ne connoit-il pas parfaitement les bienſeances?

A la fin du XIII. Livre, Hector dit : *Je voudrois bien être auſſi veritablement fils de Jupiter ou fils de la venerable Junon* (Hector ne dit point *ou,* mais

*&) & meriter les honneurs qu'on
rend à Apollon & à Minerve.*
Que croit-on que cela veüille
dire., *Je voudrois être fils de Jupiter ?* C'est , selon le R. P. *Je
voudrois être terrible à mes enne-* pag.175.
mis.. Je voudrois être fils de Ju- 176.
*non , c'est-à-dire, Je voudrois
être seur de ne violer jamais la Fidelité conjugale.* Qu'Hector est
*sage! Et je voudrois meriter les
honneurs qu'on rend à Apollon ;
c'est-à-dire, je voudrois acque-
rir la gloire qu'ont les plus rusez
dans l'art de la guerre , & les plus
habiles à tirer de l'arc* Ce sou-
hait ambitieux d'Hector n'est-
il pas doctement expliqué ?

Dans le V. Livre Homere *v. 845.*
dit *que Minerve prit le casque de* *Tom. I.*
pag.241.

Pluton pour se dérober aux yeux de Mars. Et j'ay expliqué cette maniere de parler dans ma Remarque page 482. mais le R. P. approfondit bien davantage les choses; il a découvert que c'est à dire, *que l'adresse du Cocher de Diomede fut de contrefaire le mort pour n'être attaqué par aucun Troyen.* Le secret n'est-il pas admirable?

La raison que le R.P. rend du nom de *Tritogeneia* donné à Minerve, est tres-singuliere ; *pag. 181.* *à la guerre il faut trois choses,* dit-il, *la valeur, l'adresse de se servir de l'arc, & l'adresse d'esprit, c'est-à-dire, Mars, Apollon , & Minerve. Tous trois sont nés de Jupiter, c'est-à dire , que ce sont des* qualitez que le Destin ou la Nature donne. Mais l'adresse d'esprit est la troisiéme, c'est pourquoy Homere appelle Minerve Tritogeneia, qui tient le troisiéme rang. C'est-à-dire, que le R. P. à la guerre prefere un bon arbalestrier à un homme plein de prudence, de sagesse, & de bon esprit. Agamemnon étoit bien mal avisé de souhaiter dix Nestors, & non pas dix Arbalestriers. *Tritogenia* signifie née de la tête de Jupiter ; les raisons dont le R. P. combat ma remarque ne détruiront point mon explication.

On ne comprend pas comment un homme pieux, comme luy, peut prendre plaisir à effacer de tout le Poëme toute idée de pieté. Dans le X. Livre, Ulysse offre à Minerve, qui preside au butin, les armes qu'il vient d'enlever à Dolon, surquoy le R.P. dit *qu'Ulysse en rend graces à son adresse.* Voilà un Acte de Religion converti en Acte de presomption & de vanité, & voilà un Prince pieux changé en un homme impie qui s'attribuë tout ce qu'il fait de bien, & qui, pour m'exprimer comme un Prophete, *offre des victimes à son filet & sacrifie à son rets.* Mais Ulysse en faisant cette action adresse cette priere à la Déesse: *Grande Déesse, recevez favorablement cette*

pag. 187.

cette offrande ; & cette priere
feule devoit defabufer le R.P.
& luy ouvrir les yeux. Eft-ce
ainfi qu'on parle à fon adreffe
pour fe remercier? Quand il
ne convertit pas ces Actes de
Religion en Actes d'impieté ,
il les convertit en feftins &
en débauches.

A la fin du même Livre
Homere dit *qu'Ulyffe & Dio-*
mede, au retour de leur courfe
nocturne, font des libations à Mi-
nerve. Les ignorants croyent
que c'eft une action religieufe
pour remercier cette Déeffe
du fecours qu'elle leur a donné. Point du tout , *c'eft pour*
dire feulement qu'ils fe fçavent
bon gré de leur adreffe , & boi-

M

rent enſemble. Mais que le
R. P. me permette de luy demander quand Achille dans
le XXIII. Livre s'éloigne du
bucher de Patrocle, qu'il ad-
dreſſe ſes prieres à Borée & à
Tom. III. Zephyre, & qu'il leur fait des
*pag 29*⁸ libations avec une coupe d'or,
avec qui boit-il ?

Dans le XXIV. Liv. quand
Priam part pour aller rache-
ter le corps de ſon fils, qu'He-
cube s'approche de luy, tenant
dans ſa main une coupe d'or
pleine de vin, & qu'elle la luy
preſente, *afin qu'avant ſon dé-*
Tom. III. *part il faſſe des libations, & ſe*
pag. 367. *rende Jupiter favorable,* Boit il
avec quelqu'un ? Vous verrez
que par ces effuſions Homere

a voulu dire poëtiquement,
qu'Achille & Priam burent
rafade pour fe foûtenir le
cœur.

Dans le XVII. Livre Ho-
mere dit, *que Minerve fe ca* ✦ 551.
*chant dans un nuage pourpré fe
plonge au milieu des phalanges
Grecques.* On croiroit que *pourpré* ne fignifie là qu'*éclatant.* Ce
n'eft pas cela, il y a bien plus
de myftere, c'eft pour dire
que les Grecs, dont le caractere eft p. 39.
*l'adreffe, reprennent courage, &
fur tout les Officiers de qualité qui
étoient diftinguez par leurs habits
de pourpre.* Ne diroit-on pas
que le R. P. a paffé toutes ces
troupes en revûë?

Dans le XIX. Liv. Jupiter

dit à Minerve, *Achille demeure*

✣. 340.
Tom. III.
pag. 171.

obstiné à ne point manger , allez donc à son secours , faites couler dans ses veines du Nectar & de l'Ambroisie qui le soûtiendront , &c. J'ay expliqué grossierement ce passage dans ma Remarque pag. 503. Mais le R. P. l'explique tres-finement.

pag. 190.

Achille , dit-il , étoit resolu de ne point manger qu'il n'eût tué Hector , mais il eut l'adresse de boire du moins trois ou quatre coups d'excellent vin, ce qui le fortifia. Il faut avoüer que le R. P. a un merveilleux talent pour démêler les fictions poëtiques , & pour penetrer les Heros. Qui est-ce qui auroit attendu tant d'adresse de cet Achille !

Comment eſt-il poſſible, que de tant de ſens, tous merveilleux, que le R. P. trouve dans Homere, aucun ne ſoit venu dans l'eſprit à tant de ſçavants hommes qui ont éclairci ce Poëte, ni à Didyme ni à Euſtathe, car pour moi je ne me compte point. Eſt-ce en eux ſtupidité, ſottiſe ? ou dans le R. P. un talent ſurnaturel, & un eſprit de divination qui a été refuſé à tous les autres Interpretes ? c'eſt au Lecteur à en juger. Voicy le ſens tres-profond qu'il donne à la fable de l'adultere de Mars & de Venus. Selon ce ſçavant homme, *C'eſt pour dire ſimplement que Mars*, c'eſt-à-dire,

l'esprit guerrier, bien loin de favoriser la bonne cause, c'est-à-
dire, le parti des Grecs assemblez
pour venger la Fidelité conjugale,
se mit du côté des Troyens, & se
joignit à Venus qui les protegeoit.

pag. 200.
201. C'est là justement, dit-il, le préten-
du adultere de Mars & de Venus,
dont parle Homere au VIII. Liv.
de l'Odyssée ; mais il ne dit point
que ce soit un adultere, ou que Mars
ait corrompu Venus. C'est gâter la
fable que d'en parler ainsi. Le R.
P. n'est pas soupçonneux.

Voicy ce que dit Homere,
Vulcain se doutant de l'infi-
delité de sa femme, fit sem-
blant de partir pour Lemnos;
son départ n'échappa pas au
Dieu Mars, que son amour te-

noit fort éveillé ; il ne le vit
pas plûtôt parti, qu'il se ren-
dit chez ce Dieu, dans l'impa-
tience de voir sa belle Cythe-
rée ; il entra dans sa chambre,
luy prit la main, & luy parla
en ces termes : *Belle Déesse,
profitons d'un temps si favorable,
les momens sont précieux aux A-
mans.* Le Grec dit franchement : *Allons dormir ensemble :
Vulcain n'est point icy, il vient de
partir pour Lemnos ; Venus, aussi
amoureuse que luy, consentit à sa
passion : ils se coucherent, & Mars
joüit des faveurs de la Déesse, &
deshonora la couche de son mary.*
Voilà des expressions assez
fortes, & une action assez
marquée. Cependant le R.P.

ne voit rien là contre la pudeur, il ne ſoupçonne pas la moindre corruption : *Homere ne dit point que ce ſoit un adultere, ou que Mars ait corrompu Venus.* Il eſt vray que le mot d'*adultere* n'y eſt pas, mais on s'en peut paſſer aſſeurément, la choſe parle aſſez d'elle-même, l'image eſt aſſez vive, & je ne croy pas qu'aujourd'huy on en demandât davantage en Juſtice pour ordonner une bonne ſeparation. Selon le R. P. il n'y a pourtant rien là d'indécent, & voicy ſon explication, qui eſt tres-divertiſſante: *Mars, c'eſt à dire, l'eſprit guerrier, & Venus, c'eſt la Ville de Troye, qui ſoûtenoit*

pag. 202.

noit les amours de Pâris. Ils refo-
lurent de fe joindre dans la maifon de Vulcain & de foüiller fa
couche, c'eft-à-dire, de fe fervir
des armes qu'on gardoit dans l'Ar-
fenal. Qui s'en feroit jamais
douté! Vulcain fit des chaînes
pour les lier, c'eft-à-dire, que les
Troyens furent tellement refferrez
dans leur Ville, qu'ils ne purent
faire aucune fortie. Vulcain crie
alors que Venus n'étoit pas une
honnête femme, c'eft-à-dire, que
les Troyens avoient tort de prendre
les armes pour un fujet fi peu honnête. Mercure dit à Apollon qu'il
voudroit être à la place de Mars,
& être furpris couché avec Venus.
C'eft le Corps des Marchands
Troyens, qui dit aux Soldats Ar-

N

baleſtriers qu'il fera les frais de cette guerre. L'auroit-on jamais deviné ? *Les Dieux en rirent, Neptune ſeul n'en rit point , il pria Vulcain de délier Mars , & qu'il le dédommageroit.* Qu'eſt-ce que cela ſignifie ? *C'eſt la Flotte des Grecs qui agiſſoit fort ſerieuſement , & qui obligea enfin les Troyens de mettre bas les armes , après quoy Mars s'en alla en Thrace y faire la guerre , & Venus , ou l'Amour des femmes en Chypre.* Voilà le vray ſens de cette fable ſur laquelle on a fait un gros procès à Homere , parce qu'on ne l'entend point. Le R. P. ne l'a-t-il pas bien entendu , & bien juſtifié ? Je renvoye le Lecteur à ma Remarque , To-

pag. 203.

me II. page 58. On verra qu'il n'y a que quelque méchant Critique qui ait fait ce gros procès à Homere pour ne l'avoir pas entendu, & que les Sages ont admiré la conduite de ce Poëte, & relevé les grandes instructions qu'il donne dans cette Fable, qu'il fait chanter devant un peuple mou & effeminé, qui ne pensoit qu'au plaisir.

A la fin du V. Livre, Homere dit *que Peon guerit Mars des blessures qu'il avoit reçuës, & qu'Hebé eût soin de luy préparer un bain, & de luy donner des habits magnifiques.* Surquoy le R.P. dit : *L'esprit guerrier, quoy* pag 205. *qu'il reçoive quelques blessures à la*

N ij

guerre, *ne meurt pourtant jamais.;* *C'eſt une qualité immortelle que le* Deſtin des Nobles *entretient toû-* jours. *Hebé , qui eſt la Jeuneſſe* guerriere, retourne bientôt au com-bat.* Le combat, c'eſt le bain & les habits magnifiques de Mars. Cela n'eſt-il pas fort ingenieux & fort Poëtique?

La merveilleuſe peinture qu'Homere fait au commen-cement du XII. Liv. d'Apol-lon, de Neptune, & de Jupi-ter, qui détruiſent la muraille que les Grecs avoient élevée devant leur Camp, eſt bien anoblie par l'explication qu'il a plû au R. P. d'en donner. pag. 2.0. *Les Bergers de tout le Mont Ida,* dit-il , *avec les Matelots de la*

côte renverferent cette muraille.
Apollon, ce font les Bergers,
& Neptune, les Matelots de
la côte. *Apollon eft icy l'art d'é-*
lever les troupeaux & de les gue-
rir de leurs maladies, c'eft la fcien-
ce des Bergers, comme Neptune
avec fon trident eft l'art des Pef-
cheurs. Qui eft-ce qui lira cela
fans admiration ?

Le R. P. s'eft déja trompé
en parlant du Ciel & de la
Terre; & voicy qu'il fe trompe encore en parlant de la
mer. *L'Ocean, dit-il, tel que les* *pag. 214.*
Troyens & les Grecs fe l'imagi-
noient du temps d'Homere, n'éfoit
pas navigable. Il faut que le
R. P. n'ait pas lû Homere
avec beaucoup d'attention, ou

N iij.

qu'il l'ait lû fans l'entendre.
Ce Poëte connoiſſoit ſi bien
que l'Ocean étoit navigable,
que c'eſt de l'Ocean qu'il fait
revenir Ulyſſe, comme on le
verra dans mes Remarques.
Cette fiction auroit été inintel-
ligible & ridicule, ſi du tems,
je ne dis pas d'Homere, mais
de la guerre de Troye, l'O-
cean n'avoit pas paſſé pour
navigable.

Tom. III.
pag. 195.
Dans le XX. Liv. Homere
dit que Neptune ſauva Enée
des mains d'Achille, & que
l'enlevant il le pouſſa juſqu'au
lieu où les Caucons étoient en
bataille. Sur cela le R.P. nous
pag. 215.
dit gravement *qu'Enée ſe ſauva*
par mer vers la Propontide lors

qu'il vit tout deſeſperé. Voilà un plaiſant voyage que le R. P. fait faire à Enée, qui ne bougea pourtant du champ de bataille, & qui combatit d'un autre côté.

Dans le XXI. Liv. Neptune dit à Achille, qui étoit ſur le point de perir dans le fleuve : *Fils de Pelée, ne craignez rien, car Minerve & moy nous venons à vôtre ſecours.* Que dit ſur cela le R. P. *Minerve jointe* pag. 216. *à Neptune, c'eſt l'adreſſe d'un Officier marin à bien nager.* Qui auroit crû que Minerve eût eu rien de commun avec Neptune pour cet art ?

Dans ce même Livre Apollon refuſe de ſe battre avec

N iiij

Neptune, c'eſt-à-dire, ſelon

pag. 219. le R. P. *Les Payſans de la Cam-*
pagne ſe tinrent en repos, & ne
voulurent point ſe battre contre les
Grecs marins qui étoient venus ſur
la flotte.

Dix vers après Diane accuſe Apollon de timidité, & luy

Tom. III.
Pag. 235. reproche ſa fuite : *Lâche que*
vous êtes, luy dit-elle, *à quoy*
bon porter toutes ces fléches qui
vous ſont ſi inutiles, & dont vous
ne ſçavez pas vous ſervir ? Que
je ne vous entende plus vous van-
ter dans le Palais de mon pere,
comme vous avez déja fait au mi-
lieu de l'aſſemblée des Dieux, que
vous combattriez contre Neptune,
&c. Au lieu de cette méchan-
te traduction, qui eſt de moy,

voicy celle du R. P. *Niais* ,. *à quoy te sert ton arc? Ne te vante donc plus, comme tu as fait, que tu te battras contre Neptune.* Et voicy la docte explication qui la suit : *Ne te vante donc plus, Troyen des champs, comme tu as souvent fait, que tu te battras contre les Grecs de la flotte.*

Quelques Vers plus bas Homere décrit une grosse affaire qui se passa entre Junon & Diane. Junon s'emporte contre Diane, & luy dit mille injures : *Comment avez-vous osé, impudente que vous êtes, vous opposer à moy?* C'est-à-dire, selon le R. P. *que les Grecs animez du* pag. 220. *desir de venger la Fidelité conjugale, disent des injures aux Chas-*

feurs du païs. Les Soldats Grecs traitent de chiens & d'impudents les Payfans de la Campagne Troyenne. Junon continuë : Quelque armée que vous foyez de traits, il vous fera difficile de me refifter ; parce que Jupiter vous a rendu plus redoutable aux femmes que les lions les plus furieux, & qu'il vous a donné le pouvoir de percer de vos fléches toutes les Mortelles qu'il vous plaît, vous vous oubliez. Le R. P. pourfuit : Les Chaffeurs peuvent tuër auffi des hommes par malice, & par confequent Diane, ou l'Art de la chaffe, peut ce que ni Venus, ni Junon, ni Minerve toutes feules ne peuvent pas. Cela eft déja affez plaifant ; mais ce qui fuit l'eft encore davantage. Homere ajoûte, *que Junon prend les deux mains de Diane de la main gauche, & que luy enlevant de la droite son carquois, elle luy en donne sur les deux joües en soûriant; que toutes ses flêches tomberent à terre, & que Diane s'enfuit en pleurant.* J'ay dit dans ma Remarque page 539. que sous la fiction de ce combat Homere dépeint Poëtiquement une éclipse de Lune causée par l'ombre de la Terre. Mais le R. P. rejette cette explication, car il ne veut pas qu'on trouve dans Homere aucun vestige ni de la rondeur de la Terre, ni des Eclipses de Lune par l'opposition de la Terre entre la Lune & le Soleil, & il nous asseure, *que tout cela n'est que pour dire que Junon, c'est-à dire, la Fidelité conjugale dans un Grec qui la défend, ou, ce qui revient au méme, un Grec défenseur de la Fidelité conjugale desarme Diane, c'est-à dire, un Troyen Chasseur de la Campagne, & luy donne sur les oreilles. C'est le sens de la fable, ajoûte-t-il, mais elle est bien plus divertissante que le simple narré que je fais de ce qu'elle signifie.* Le R. P. se trompe, & il n'a pas une assez grande idée de son explication. La fable est tres-divertissante dans Homere ; mais le narré qu'il en fait est beaucoup plus divertissant. Le

pag. 221.

Lecteur en devine la raison
fans peine.

Dans le XVIII. Liv. Achille dit à Thetis: *Plût aux Dieux
que vous fuſſiez toûjours demeurée parmi vos Nymphes immortelles, & que Pelée eût épouſé une
ſimple Mortelle.* Que croit-on
qu'Achille veüille dire par ce
ſouhait ? Le voicy, car cela
eſt bien au-deſſus de la penetration ordinaire : *Que mon
Pere ne ſe contentoit-il d'être un pag. 224.
bon Officier de terre ferme; un Officier de la marine n'eſt guere heureux à ſe battre à pied.* Les Officiers de la marine ſe battent-
ils autrement qu'à pied? Comment ſe battent-ils ?

Pourquoi croiroit-on qu'Homere appelle Thetis ἀργυρόπε-

pag. 226. ζα, *aux pieds d'argent ?* C'eſt parce que la Marine en exercice eſt à la ſolde de la Grece.

Dans le XX. Liv. Homere dit, *que Thetis prit d'une Ambroiſie merveilleuſe & d'un Nectar rouge, & que de ſes belles mains elle les verſa goute à goute dans les bleſſures de Patrocle pour conſerver ſon corps, & pour en éloigner la corruption.* Dans ma Remarque page 489. je croyois avoir aſſez bien expliqué cette fiction ſi poëtique ; mais le R. P. me fait bien voir mon

pag. 227. peu d'eſprit. *Il luy ſemble que cela veut dire que les Mariniers luy ſeringuerent du vin rouge par les narines pour luy conſerver la*

couleur du visage. N'est-ce pas-
là un bon preservatif? Du vin
rouge seringué dans les narines d'un mort pour luy con-
ferver la couleur du visage!
Mais ce vin seringué dans les
narines empêchoit-il la corruption que les blessures pou-
voient produire dans le reste
du corps?

Au commencement du *Tom. III.*
XXIV. Livre, Junon irritée *Pag. 532.*
contre Apollon de ce qu'il
étoit touché des indignitez
qu'Achille exerçoit fur le
corps d'Hector, dit à ce Dieu:
Les Dieux écouteront vos conseils pag. 227.
quand ils voudront faire autant
d'honneur à Hector qu'à Achille.
Mais vous avez oublié qu'Hec-

tor n'eſt qu'un Mortel, & qu'il a
ſuccé le lait d'une Mortelle, au
lieu qu'Achille eſt fils d'une Déeſſe, &c. Perſonne ne devine-
roit le ſens de cette allegorie
ſi poëtique, c'eſt-à-dire, ſelon
le R. P. à qui rien n'eſt caché,
que les Grecs s'adreſſerent aux
Arbaleſtriers ſoudoyez par les
Troyens, & leur dirent : Hector,
dit-on, n'eſt qu'un Officier ſubalterne ; Achille eſt General de la
Marine, fils de General par legitime mariage, c'eſt Junon qui l'aſſeure, qui eſt la Fidelité conjugale.
Cet entretien des Grecs avec
les Arbaleſtriers ſoudoyez des
Troyens, n'eſt-il pas tres-plai-
ſant ? Et que dit-on d'Hector
traité d'Officier ſubalterne ?

Quelques

Quelques Vers après Jupiter dit à Junon : *Renonçons au deſſein de faire enlever le corps de Patrocle*, *auſſi bien ſeroit-il malaiſé de l'enlever à l'inſçu d'Achille*, *car la Déeſſe ſa mere va le voir jour & nuit, &c.* Voicy le grand ſens que le R. P. donne à ces paroles : *Car l'eſprit de la Marine tel qu'il eſt chez les Grecs, ne les quitte pas.* Cela veut dire qu'Achille eſt vigilant & intereſſé. Vrayement c'eſt pour le R. P. tout ſeul qu'Homere a fait ſon Poëme, & il luy en a laiſſé la clef.

Plus bas Homere dit : *Thetis s'aſſied auprès de Jupiter; Minerve luy cede ſa place; Junon luy preſente une coupe d'or; Thetis boit*

Tom III. pag. 353.

pag. 229.

le divin Nectar, & rend la coupe à Junon. Selon le R. P. c'est pour dire, *que le General de la Marine fut tout glorieux après sa victoire, il avoit eu l'adresse de vaincre, & que les Officiers de la Flotte après avoir bien combattu pour l'honneur de la Fidelité conjugale, consolerent le General de la Marine, & burent avec luy.* Quelle penetration !

Ibid.

Quand Homere dit à la fin du I. Liv. ℣. 606. *Que les Dieux allerent tous se coucher chacun dans les riches appartements que Vulcain leur avoit faits par son Art merveilleux.* Que croit-on que le Poëte ait voulu dire ? *Il a voulu faire entendre que chacun se coucha tout armé.* Quelle idée !

pag. 235.

quelle figure ! quelle Poësie !
des armes appellées *de riches
appartements* ! Denys d'Hali-
carnaffe, Demetrius, Longin,
vous êtes des fots de n'avoir
pas remarqué une figure fi
neuve & fi hardie.

Ce qu'Homere dit dans le
XVIII. Livre ,, *Que Vulcain fe* ,,Tom. III.
hâtoit d'achever vingt trépieds,& pag. 130.
qu'il les avoit affis fur des rouës
(des cercles) d'or, afin que d'eux-
mêmes ils puffent aller à l'affem-
blée des Dieux,& s'en retourner,
n'a pas été bien entendu. Ce
font, dit le R. P. *des trépieds qui* pag. 130.
devoient être payez en cercles d'or,
c'eft à dire, en pieces d'or, par tous
les Officiers Grecs de chaque vaif-
feau, qui s'affembleroient pour les

acheter, & où ces trépieds seroient venus d'eux-mêmes, c'est-à-dire, sans que les Officiers les allassent querir; après quoy ces mêmes trépieds iroient à la maison, c'est-à-dire, à la chambre de chaque Officier qui les auroit achetez & payez, comme chacun va chez son maître, & qu'ils y serviroient pour les bains.

Il faut avoüer qu'il n'appartient qu'au R. P. d'expliquer les fictions poëtiques ; Que celle-cy est bien démêlée ! & que ces cercles d'or, pour des pieces d'or, sont bien trouvez !

Dans le XXIV. Livre, Homere dit : *Mercure obéit à cet ordre de Jupiter, il attache d'abord*

à ses pieds ses belles talonnieres
d'or, ces talonnieres éternelles qui
le portent dans tous les climats du
monde , & qui luy font traverser
les rivieres & les mers. Le R. P.
ne se dément point. Ces talon-
nieres sont d'or, dit il, *parce qu'au-* pag. 245.
ri, ou lucri bonus est odor, *parce*
que l'odeur de l'or, ou du gain est
bonne. Elles portent ce Dieu dans
tous les climats du monde , parce
que l'amour du gain fait traverser les mers & voyager par terre.
Homere continuë : *Il prend*
dans sa main sa verge dont il en-
dort ou éveille les hommes comme
il luy plaît. C'est, dit le R. P.
que le profit éveille, s'il est encore
à faire , & il endort quand il est
fait. Que le R. P. est profond

dans la science des mœurs &
de la nature! Mais ne paroît-
il pas un peu trop ami de l'or,
& en trouver l'odeur un peu
trop bonne?

Ce que je viens de dire suffit pour faire juger de tous les
autres endroits dont je ne parle point. Ils font tous de même. Si un Ecrivain qui impri-
me ce qu'on vient de lire, pouvoit jamais avoir quelque autorité dans cette forte de Critique, je m'attacherois à faire
voir l'injuftice des reproches
qu'il me fait, & dont il remplit deux pages entieres. Rien
ne me feroit plus aifé, mais je
ne crains point qu'il furpren-
ne mes Lecteurs, ni qu'il en

trouve un feul credule. Je me
contenteray donc de répondre aux deux plus importantes de fes Critiques. Celles-là
feules peuvent faire juger de
toutes les autres ?

La premiere eft fur ce paffage celebre du XXIII. Livre
de l'Iliade, où l'ame de Patrocle s'étant apparuë à Achille,
ce Heros fe reveille & s'écrie
d'une voix lugubre : *Grands*
Dieux, il eft donc vray que les
ames fubfiftent encore dans les En-
fers après la mort ; mais elles ne
font que l'image des corps qu'elles
ont animez , & elles font fepa-
rées de leur entendement ! J'ay
expliqué ce paffage dans mes
Remarques , page 568. &

j'ay fait voir que cela eſt pris
de la Theologie des Egyp-
tiens, qui croyoient qu'après
la mort, c'eſt-à-dire, après la
ſeparation de l'ame & du
corps, il ſe faiſoit encore une
ſeparation des deux parties de
l'ame, c'eſt-à-dire, de l'entendement, qu'Homere appelle
icy φρένας, & du corps délié &
ſubtil dont il étoit revêtu,
& qu'il appelle εἴδωλον, image,
de maniere que ce Vers:

Ψυχὴ κ̣ εἴδωλον, ἀ'ταρ φρένες σ̇κ
ἐνι πάμπαν.

ſignifie à la lettre: *Elles ſont*
l'image du corps qu'elles ont ani-
mé; mais elles ſont ſans leur enten-
dement. Et c'eſt ce que le R. P.
condamne ſans l'avoir compris:

pris : *La traduction nouvelle,
dit-il, n'a pas asseurément bien
traduit, elles sont separées de leur
entendement.* Et voicy la belle
traduction qu'il substituë :
Achille en se réveillant, oh ! dit- pag. 295.
*il, il y a donc dans la maison
de Dis, ame, & phantôme ;
mais il n'y a point de sentiment
d'affection ou de reconnoissance.*
Je n'aime pas trop à affirmer ;
mais, puisqu'on m'y force, j'af-
firmeray à mon tour, & avec
plus de raison. Le R.P. a tres-
mal traduit *asseurément,* & Homere ne peut faire dire à A-
chille une chose si absurde &
si fausse, *que dans les Enfers il
n'y a aucun sentiment d'affection ou
de reconnoissance.* Car je deman-

P

de au R. P. quelle marque d'ingratitude ou de peu d'affection Patrocle donne-t-il à Achille dans le difcours qu'il vient de luy tenir ? Ne luy témoigne-t-il pas au contraire l'amitié la plus tendre? Il n'eft donc point queftion icy de fentiment d'affection ou de reconnoiſſance , & rien ne pouvoit être plus mal imaginé. S'il a mal traduit, il a encore tres-mal critiqué *aſſeurément*, & la raiſon qu'il donne de ſa Critique eſt *aſſeurément* tres-mauvaiſe : *Car*, dit-il , *l'ame de Patrocle prédit à Achille le genre de ſa mort , & luy raconte quelle fut autrefois l'occaſion de leur amitié ; cela ne ſe fait*

pas fans quelque efpece d'entende
ment. *Patrocle en avoit-il deux ,*
l'un au Ciel, & l'autre aux enfers?
Non , Patrocle n'avoit pas
deux entendements. Son entendement, c'eft à-dire, la partie fpirituelle , la partie divine de fon ame, s'étoit re-
tirée, & l'ame, c'eft-à-dire, le
corps délié & fubtil, dont l'entendement étoit revêtu, étoit
dans les Enfers. *Mais cette ame*
parle, donne des ordres , cela fe
fait-il fans entendement ? Le R.
Pere n'eft point entré dans le
fond de cette Theologie, dont
les Auteurs avoient conçu que
l'ame fpirituelle jugeoit des
chofes intelligibles , & l'ame
animale jugeoit des chofes

senfibles. Homere a suivi cette même Theologie dans l'onziéme Livre de son Odyssée: *Après Sisyphe*, dit-il , *j'apperçus le grand Hercule , c'est-à-dire , son image* , (le corps subtil de son ame) *car pour luy*, c'est-à-dire, son entendement, la partie divine de son ame, *il est avec les Dieux immortels & assiste à leurs festins.* Je demande au P. Hardoüin , Hercule étoit-il aux Enfers sans agir , sans parler? Il alloit à la chasse, il poursuivoit les lions. Mais que veut dire le R. P. avec cette fausse Critique ? Il nous feroit croire qu'il n'a jamais lû Homere tout entier ; car s'il avoit seulement lû l'onziéme

Liv. de l'Odyssée, il auroit vû
qu'Homere explique tres-clai-
rement ce point de sa Theologie, & qu'il distingue fort
bien ces trois parties, le corps,
l'entendement, qu'il appelle
θυμὸν & φρένας, & le corps subtil de l'ame, qui est ce qu'il
appelle *ame, ombre & idole :*

Οὐ γὰρ ἔτι σάρκας τε κỳ ὀσέα ἶνες
ἔχυσιν,
Ἀλλὰ τὰ μὺ τε πυρὸς κραττερὸν μέ-
νος αἰθομὺοιο
Δαμνᾷ, ἐπεί κε πρῶτα λίπη λεύκ'
ὀσέα θυμὸς,
Ψυχὴ δ' ἠΰτ' ὄνειρος ἀποπταμὺη
πεπότηται.

Mais telle est la condition des
Mortels, quand ils sont sortis de

la vie, leurs nerfs ne soûtiennent plus ni chairs ni os. Tout le corps materiel est la pâture des flammes, dès que l'esprit l'a quitté, & l'ame s'envole de son costé comme un songe. Voilà, comme je l'ay déja dit, ces trois parties bien distinguées, le corps, qui est la pâture des flammes, l'ame spirituelle qu'il appelle θυμòν, & ailleurs φρέναζ, & l'ame materielle, ou le corps subtil de l'ame qu'il appelle icy ψχὴν, •ame, & ailleurs image, ombre & idole. Dans le même Livre l'Ombre d'Achille dit à Ulysse: Comment avez-vous eu l'audace de descendre dans ce Palais de Pluton, dans cette demeure des Morts,

qui sont privez d'entendement, &
qui ne sont plus que les vaines ombres des hommes sortis de la vie ?

Πῶς ἔτλης Ἀϊδὺς ἰδὲ κατελθεμέν,
ἔνθα τὲ νεκρὶ
Ἀφραδέες ναίνσι, βροτῶν εἰδωλα
καμόντων;

Les Morts sont appellez-là
ἀφραδέες, parce qu'ils sont sans
leur entendement ; ἀφραδέες,
φρένας μὴ ἔχοντες, comme dit fort
bien Eustathe. Voilà donc,
selon la propre exposition
d'Homere, des Morts qui ne
sont que des Ombres, & qui
n'ont point d'entendement,
φρένες ὂκ ἔνι πάμπαν, & qui cependant parlent & ont de longues conversations. Le R.P.

n'a qu'à lire tous les difcours
que tiennent ces ames dans ce
onziéme Livre. Qu'il life encore la converfation que l'a-
me d'Achille a avec celle
d'Agamemnon, & celle d'A-
gamemnon avec Amphime-
don dans le dernier Livre de
l'Odyffée, converfations bien
plus longues que celle que
l'ame de Patrocle a icy avec
Achille; & il verra que felon
cette Theologie d'Homere,
ces ombres, ces ames, qui é-
toient dans les Enfers, pou-
voient agir & parler, quoyque feparées de leur entendement, c'eft-à-dire, de leur partie fpirituelle. J'avouë que cette Theologie eft tres-abfurde;

qui pourroit le nier ? Mais il
suffit qu'elle étoit, & en verité l'absurdité de ce dogme
ne devoit pas empêcher le R.
P. d'y bien entrer.

Son autre Critique, aussi in-
juste, est sur ce passage du dernier Livre de l'Iliade, où A-
chille dit à Priam : *La Renom-* Tom. III.
mée vous avoit toûjours fait pas- p. g. 385.
*fer pour le plus heureux & le plus
grand Prince qui eût jamais regné
en Afie. Vos Etats enfermoient
au Midy l'Isle de Lesbos, où regnoit autrefois Macar ; au Levant la haute Phrygie , & au
Nord les rives de l'Hellespont ;
vous possediez des Trefors immen-
ses, &c.* Que dit sur cela nôtre
grand Critique ? *La traduction*

pag. 247. 248. Françoife, dit-il, ne fuit icy ni le Grec d'Homere, ni céluy d'Euftathe même, quoyque celuy-cy explique bien la penfée d'Homere, tout y eft contre la penfée du Poëte. Et il veut qu'Homere ait dit : Et vous, bon homme, nous avions ouï dire que vous poffediez autant de richeffes qu'il y en a dans Lefbos & dans la Phrygie, qui eft au de-là de vos Etats, & dans toute l'étenduë de l'Hellefpont. Homere, ajoûte-t-il, exagere icy les richeffes de Priam ; mais il ne dit pas que fes Etats s'étendoient plus loin que la Troade, avec une partie de la petite Myfie, il eût dit faux. D'ailleurs καθύπερθε ne fignifie au Levant que dans la verfion Latine, qui n'eft pas exacte. Et

ce qui eſt au-deſſus des Etats de
Priam eſt au Nord, & non pas
au Levant ; & ce n'eſt ni haute
ni baſſe Phrygie, c'eſt la Propontide. Enfin quand on traduit avec
au Midy, c'eſt encore le Latin que
la traduction Françoiſe a ſuivi, &
non pas le Grec. En liſant cela,
je ne puis m'empêcher de
m'écrier, en adouciſſant le
mot de Terence : *Oh hominis
ingentem audaciam !* C'eſt une
choſe étonnante, le R. P. n'a-
vance rien là que de faux, &
il ne s'eſt pas donné la peine
de lire, ce qu'il m'accuſe de
n'avoir pas ſuivi. Le ſens que
j'ay donné à ce paſſage eſt le
veritable ſens d'Homere, &
le même qu'Euſtathe luy a

donné, & voicy ses termes qui doivent faire quelque peine à

pag.1364. nôtre Censeur : *Cet endroit, dit-il, est une description histori-que des Etats de Priam avec toutes ses limites,* πεϱιοϱισμὸς Ἱστοϱικὸς τῆς Πειάμυ ἀϱχῆς, *que bordoit au Mi-dy Lesbos, la Phrygie au Levant, & au Nord l'Hellespont.* Ne font-ce pas les mêmes limites que j'ai marquées? Il est donc tres-faux que dans les Vers d'Homere ἄνω ne soit pas dit du Midy, & καϑύπεϱϑε du Le-vant, comme le R. P. l'asseure avec tant d'audace; καϑύπεϱϑε *ne signifie au Levant, dit-il, que dans la Version Latine qui n'est pas exacte. Et quand on traduit ἄνω au Midy, c'est encore le Latin*

que la traduction Françoise a suivi, & non pas le Grec. On voit
au contraire que c'est le Grec
& Eustathe, que j'ay suivis,&
non pas la traduction Latine.
Mais ce qui doit encore plus
étonner., & qui devroit rem-
plir de confusion le R. P. c'est
que le même Eustathe ajoû-
te : *Il faut sçavoir, dit-il, que les
Anciens, en suivant cette description d'Homere, ont partagé les E..
tats de Priam en neuf Dynasties
ou Principautez, comme le Geo-
graphe Strabon l'a fort bien obser-
vé dans son XIII. Liv.* Il rapporte ensuite l'explication de
Strabon,& ajoûte, *par où il paroît que Priam étoit un grand Ter-
rien,* ἐυξυκρείων. Les paroles de

Strabon font confiderables ;
après avoir cité ce paffage , il
dit en propres termes : *Ces pa-*
roles d'Achille font voir clairement
que Priam regnoit fur toutes ces
Dynaflies. Et pour confondre
encore davantage le R. P. Euftathe ne fe contente pas d'a-
voir expliqué le paffage, comme moy , il revient à la charge, & dit : τὸ δὲ καθύπερθε ἀντὶ
τῦ ἡ ἐξ ἀναβολῆς. *Le Poëte a dit,*
καθύπερθε, *pour dire au Levant.*
En verité il n'eft pas permis
au R. P. qui a travaillé fur
Pline , d'ignorer un paffage
auffi formel de Strabon, le plus
excellent des Geographes, fur
les Etats d'un Prince auffi con-
fiderable que Priam. Le R. P.

a fait voir qu'il n'étoit pas mieux instruit des limites des Etats de ce Prince, que de celles qu'il a données à l'Empire de Jupiter, qu'il a relegué de son autorité dans le concave de la Lune, où l'Ether n'a jamais été placé. Je demande pardon au R. P. Pourquoy aussi a-t-il eu l'imprudence de m'attaquer ?

A la fin Achille dit à Priam: *Vous n'avancerez rien quand vous vous désespererez pour la mort de vôtre fils, vous ne le rappellerez point à la vie, mais vous l'irez rejoindre après avoir achevé de vuider icy bas la coupe de la colere des Dieux.* Le R. P. dit : *Cette fin* pag. 249. *n'est point d'Homere.* Non, elle

n'y eſt pas mot à mot ; mais
tout le ſens en eſt renfermé
dans les mots Grecs, qui di-
ſent : *Vous ne le reſſuſciterez
point avant que vous ayez ſouffert d'autres maux.* Il eſt aiſé
de voir qu'Achille a voulu
faire enviſager à Priam ce
que je dis. Mais je le dis no-
blement, pour ſoûtenir ſa penſée, & en ſuivant l'idée qu'il
fournit luy-même dans ce
même Livre. Je fais tant perdre à Homere par ma traduction, qu'il faut bien quelquefois tâcher de le dédommager
par quelque choſe de grand
& de noble tiré de ſon idée. Je
ne luy prête rien d'étranger.
La traduction du R. P. *l'afflic-*
tion

tion vous attirera plûtôt quelque nouveau mal, eſt entierement éloignée de la penſée d'Achille.

Je ne puis reſiſter à la tentation de relever encore quelques endroits qui me paroiſſent tres-plaiſants.

Quant Homere dit Livre XXIV. ℣. 677. *Que tous les Dieux & tous les Guerriers dormoient tranquillement* ; c'eſt-à-dire, ſelon le R. P. *que les Guerriers Grecs, & toutes leurs bonnes qualitez dormoient.* Avec quelle adreſſe le R. P. éloigne toute idée de Divinité! Qu'Homere eſt admirable de nous dire ſi magnifiquement que quand les Guerriers d'or-

Q

ment, leurs bonnes qualitez dorment avec eux !

Quand il dit dans le premier Livre ỷ. 8. *Qu'Apollon irrité contre Agamemnon, qui avoit deshonnoré Chryfés fon Sacrificateur, envoya fur l'armée une affreufe maladie qui emportoit les peuples.* Voicy l'ingenieufe explication du R. P. *Chryfe eft le Prêtre d'Apollon, c'eft-à-dire, le Sacrificateur des Arbaleftriers de la Campagne, dont les vœux étoient de faire bonne chaffe, & d'être à la guerre plus adroits que leurs ennemis à tirer de l'arc.* Homere continuë : *Il defcend des fommets de l'Olympe avec fon arc & fon carquois, il marchoit femblable à la nuit.* Le R. P. dit fur

pag. 251.

cela : *C'est parce que les Arbales-* pag. 252.
triers de la Campagne faisoient
leurs coups la nuit. Sur la foy
des termes Grecs on croiroit
que la peste envoyée dans le
Camp des Grecs étoit une veritable maladie λοιμὸς, erreur.
C'étoit un mal semblable à la peste, pag. 253.
& qui consiste icy dans la perte des
hommes que les Troyens Paysans
de la Campagne tuoient à l'écart.
Quelles découvertes !

Il n'y a rien que le R. Pere
n'imagine pour éloigner toute idée de Divinité. Dans le
XX. Livre, Homere raconte
qu'Apollon s'approche d'Hector, Tom. III.
& luy dit : Hector, ne combatte- pag. 198.
pas seul à seul contre Achille, &c.
Que croit on que soit là Apol-

lon ? un Dieu? erreur. Ce font

pag. 264. les piquiers d'Hector. *Ses pi-*
quiers luy dirent.

Quatre pages après Home-
Tom. III. re dit : *Achille furieux fe jette*
pag. 202. *fur Hector avec un cri épouventa-*
ble ; mais Apollon, comme un Dieu,
à qui rien n'eft impoffible, le ga-
rantit facilement de ce danger, &
l'enveloppe d'un épais nuage. C'eft
pour nous tromper qu'Home-
re appelle Apollon Dieu. *Ce*
pag. 265. *Dieu, ce font les Piquiers qui en-*
velopent Hector d'un nuage, c'eft-
à-dire, de leur Regiment. Trois fois
Achille veut fe lancer fur luy,
mais il ne frappe que ce nuage
obfcur ; c'eft-à-dire, qu'il ne frappe
que ce Corps, ou ce Regiment de
Piquiers, dans lequel Hector s'é-

toit enfoncé. Quelle Poësie!

Voicy un paſſage encore plus remarquable: Au commencement du XXII. Livre, Homere dit, *qu'Apollon, qui fuyoit devant Achille ſous la figure d'Agenor, voyant qu'il n'y avoit plus de danger de deſabuſer ce Heros, luy parle en ces termes: Fils de Pelée pourquoy me pourſuis-tu avec tant d'opiniâtreté? Ignores-tu encore qui je ſuis, & ne t'apperçois-tu pas que n'étant qu'un homme tu pourſuis un Dieu?* Achille conçut, dit le R. P. que *ce Regiment pourroit bien luy dire, tu pourſuis un Dieu immortel, c'eſt-à-dire, un Regiment entier de Piquiers; toy qui es Mortel.* Apollon continuë: *Pourquoy*

as-tu laißé échapper les Troyens ;
&c. tu ne me tuëras point, la Par-
que cruelle n'a aucun empire ʃur
moy. C'eʃt-à-dire, que les Re-
gimens ʃont immortels. Achille répond : *Je me vengerois bien
de toy ʃi cela étoit en mon pouvoir.*
Il n'étoit pas en ʃon pouvoir ; dit
le R. P. d'exterminer luy ʃeul un
Regiment entier de Piquiers. Cela
eʃt d'une évidence qui ʃaute
aux yeux , & le P. Hardoüin
prouve admirablement tout
ce qu'il avance.

Le R. P. ne s'écarte jamais
de ʃon ʃyʃteme & ʃon eʃprit
luy fournit toûjours des explications auʃquelles on ne s'at-
tend point. Dans le XXIII.
Livre , Homere dit , *que les*

chiens n'approcherent pas du corps
d'Hector, la fille de Jupiter, la
belle Venus eut soin de le garder
nuit & jour, & elle versa dessus
un baume précieux & divin, ou
comme traduit fort délicate-
ment le R.P. *Elle l'oignit d'un
onguent rosat & délicieux, pour
empêcher qu'en le traisnant on ne
le mist en pieces.* Venus n'est
point la Déesse Venus, ce sont
les Officiers Troyens qui ai-
moient Hector, à cause de son
affabilité, qui l'embaumerent.
Homere continuë : *Et Apollon
de son costé fit tomber sur luy du
haut des Cieux un épais nuage qui
couvrit tout l'espace, où le corps
étoit étendu, afin que les rayons
du Soleil ne dessechassent point ses*

chairs. C'eſt-à-dire, *que les Pi-*
quiers de Troye luy dreſſerent
une tente ſeparée où on le mit.
Cela n'eſt-il pas bien imaginé ? Les Officiers Troyens
vont embaumer Hector dans
le Camp d'Achille, & les Piquiers de Troye y dreſſent
tout à leur aiſe une tente où
on le met. Achille, vous n'ê-
tes pas ſi emporté ni ſi cruel
qu'on a voulu le faire croire.
Voicy une plus grande marque encore de la debonnaireté
tant vantée de ce Heros.

Cette fiction ſi poëtique où
Tom. III. Homere dit, *qu'Apollon touché*
pag. 349. *de compaſſion pour Hector même*
après ſa mort, éloignoit de ſon corps
tout ce qui pouvoit le corrompre,
&

& le couvroit tout entier de son
Egide d'or, pour empêcher qu'A-
chille en le traisnant tant de fois
autour de ce Tombeau, ne le mist
en pieces. Que croit-on que cela
signifie ? C'est pour dire que les pag. 268,
Troyens, bons Arbalestriers, donne-
rent de l'or, afin qu'on mist le corps
d'Hector dans son bouclier, de peur
qu'il ne se déchirât quand on le trai-
neroit. N'est-ce pas-là une jolie
invention ? Achille traîne le
corps d'Hector ; mais c'est
dans son bouclier, afin qu'il
ne soit pas déchiré, & qu'il se
conserve entier : cela répond
bien au caractere d'Achille.
Quelle douceur, quelle hu-
manité dans ce Heros ! Quelle
égalité dans ses mœurs ! Cet

R

homme injuſte, fougueux & emporté ſe laiſſe tout d'un coup gagner par l'or des Arbaleſtriers Troyens. Mais malheureuſement il ſe trouve que cette invention, ſi bien imaginée, eſt démentie, parce qu'Homere a dit dans le Livre XXII. Voicy ſes termes que le R. P. devoit avoir plus preſents : *Achille attache Hector à ſon Char, de maniere que ſa teſte traîne à terre ; les beaux cheveux d'Hector traiſnent confuſément dans la pouſſiere, & ſa teſte emportée par la rapidité du Char, enſanglante le ſable.* Comment peut-elle l'enſanglanter, ſi Hector eſt traîné dans ſon bouclier ? Le R. P. dira-t-il

Tom. III pag. 275.

que les Arbaleſtriers ne s'a-
viſerent que tard de cet expedient ? Mais alors le reme-
de auroit été inutile, & la compaſſion d'Apollon trop tardive
n'auroit ſervi de rien. Homere
fait bien ſentir qu'Achille traîne Hector la derniere fois
comme la premiere ; *Car il le*
traînoit, dit-il, *pour aſſouvir ſa*
fureur & ſa vengeance. Cette fureur & cette vengeance s'ac-
cordent-elles avec ce bouclier?

Voicy une explication tres-
ingenieuſe : Dans le XXIII.
Livre, Homere dit, *que Dio-*
mede alloit paſſer Eumelus, ou te- Tom. III.
nir du moins la victoire douteuſe, pag. 311.
ſi Apollon irrité contre luy ne luy
eût fait tomber ſon foüet de la main.

R ij

Minerve s'approche de Diomede, & luy donne un foüet. J'ay expliqué ce paſſage d'une maniere impertinente. Le R. P. a bien mieux réüſſi : *Diomede, dit-il, maniant ſon foüet, croit* pag 267 *tenir une pique, il la jette ; mais il eut l'adreſſe de la ramaſſer.* Diomede n'eſt-il pas un habile homme de prendre ſon foüet pour une pique, & après l'avoir priſe pour une pique, de la jetter? Pour un homme qui mene un Char, une pique vaut encore mieux que rien, elle peut luy ſervir de foüet. Voilà donc deux ſottiſes qu'Homere fait faire à Diomede ſans aucune neceſſité?

Rien n'eſt plus divertiſſant

que l'explication que le R. P.
donne de la fable de Niobe
qu'Achille raconte à Priam :
Niobe, dit-il, c'est la Grece ; ses
douze Enfans, ce sont les Grecs,
hommes & femmes, que les Chaſſeurs de la Campagne de Troye, les
Arbaleſtriers gagez pour cela, tue-
rent les neuf premieres années du
ſiege. Car icy les neuf jours, comme au I. Livre, ſont ces neuf années. Ces Arbaleſtriers & ces
Chaſſeurs n'enterroient pas les
Grecs qu'ils tuoient ; car Jupiter,
le Deſtin, avoit changé les peuples
en pierre, ces Troyens Campagnards
étoient durs & impitoyables ; mais
le dixiéme jour, la dixiéme année,
les Dieux les enterrerent, c'eſt-à-dire, les cœurs plus humains, & Nio-

Dans le
XXIV.
Livre
Tom III.
pag 389.

pag. 271.

be prit alors de la nourriture ,
c'est à dire , que la Grece, ou l'Ar-
mée des Grecs , commença à respi-
rer , & trouva des vivres. Voilà asseurément une profon-
deur de genie bien éton-
nante. Ce qu'il y a de fâ-
cheux, c'est que malheureusement cette fable est anterieure à Homere, & par con-
sequent elle ne peut avoir aucun rapport à une guerre qui
n'arriva que long-tems après.
La scene n'en est point dans le
Camp des Grecs, mais à The-
bes , ou , selon d'autres , en
Lydie. En second lieu le caractere d'Achille n'est nullement celuy d'un Philosophe
qui fait des fables, il n'invente

point, il ne dit que ce qu'il a appris. En troisiéme lieu auroit-il fait à Priam une fable, pour ne luy dire que ce qui s'étoit passé sous ses yeux ? Et enfin quel rapport peut avoir l'état où dans cette conjecture se trouve Priam avec la Grece, où l'Armée des Grecs qui commença à respirer & à trouver des vivres. Le R. P. ne sent-il point le défaut de cette belle découverte?

Quand Homere dit dans le XXI. Livre, *que Latone se mit à ramasser les fléches de Diane, qui étoient éparses çà & là sur la surface de la terre, & que les ayant relevées, elle alla la trouver.* J'ay dit dans ma Remarque : *Ho-*

mere feint que *Latone ramasse les fléches de Diane*, *parce que c'est la Nuit qui rend à Diane ses rayons.* Mais point du tout, selon le

pag. 275. R. P. *ce sont les gens de la Campagne qui ramassent les fléches des Chasseurs & les leur rendent.*

Dans le V. Livre, Homere dit, *que Venus blessée se laisse tomber sur les genoux de Dioné sa mere, qui luy demande qui c'est qui la mise en cet état*; *elle répond que c'est Diomede qui la blessée*, *parce qu'elle enlevoit son fils Enée du combat. Dioné la console,* & *essuye le sang qui coule de sa playe.* Le R.P. trouve-là un sens admirable; mais tres-caché; il falloit être le P. Hardoüin pour penetrer cette obscurité.

Les Officiers Troyens bleſſez en *pag.*281.
enlevant Enée, dit ce R. P. de- 282.
mandent à la Nobleſſe Troyenne
dequoy ſe faire penſer. Elle leur
demande qui les a bleſſez ? Ils ré-
pondent que c'eſt Diomede. La
Nobleſſe, *c'eſt-à-dire*, *le cœur*
noble d'Enée Troyen luy même,
les conſole en leur donnant lar-
gement dequoy ſe faire penſer.
Peut-on voir rien de plus ingenieux, & en même temps
de plus vray-ſemblable? J'ay
de la peine à quitter cette matiere, tant je la trouve divertiſſante. Voicy un nouvel effort de l'imagination du R. P.
qui ne languit jamais, & qui
eſt inépuiſable :

Dans ce même Livre Dioné

raconte à Venus, pour la con-
foler de fa bleſſure, *Que Pluton luy-même bleſſe d'une fléche
dans les Enfers ſouffrit des maux
horribles, & que penetré de douleur, le trait encore dans l'épaule, il
monta au haut des Cieux, où eſt le
Medecin des Dieux. Le ſage Peon
mit ſur ſa bleſſure un appareil qui
appaiſa ſes douleurs, & qui les
guerit,* ou comme le R. P. traduit fort elegamment, *mit ſur
ſa bleſſure un onguent qui le guerit.* L'explication, que j'ay donnée à cette fable après Euſtathe, n'eſt qu'une ſottiſe. Voicy
la veritable, que le P. Har-
douïn étoit ſeul capable de
pag. 293. déterrer: *Cela veut dire que l'or
que l'on va chercher juſques dans*

les cavernes tenebreuses des mines,
qu'on diroit être aux portes de Dis,
ou Pluton, tant elles sont profon-
des, l'or, dis-je est souvent blessé
du pic en foüissant ; mais il s'addresse à un Orfévre, ou à un Mon-
noyeur, qui a reçu son art d'en
haut, il le guerit bientôt, il luy
rend son lustre, qu'il ne peut jamais
perdre entierement Tout l'or des
mines ne vaut pas cette explication si profonde. *Venus bles-*
sée signifie les gens de qualité, hon-
nêtes ; civils & affables, qui sont
blessez. Quelle douce consola-
tion n'étoit-ce point pour ces
Officiers Troyens blessez, de
sçavoir que l'or est aussi blessé
dans les mines par des coups
de pic ; mais que sorti des mi-

nes il tombe entre les mains
d'un Orfévre, ou d'un Mo-
noyeur qui le guerit, & luy
rend tout son lustre? Franchement après ce grand exemple,
ces nobles Officiers Troyens
pouvoient-ils se plaindre de
leurs blessures?

A propos de Dioné, je ne
puis m'empêcher de relever
icy une belle remarque du R.
P. qui fait bien voir le grand
talent qu'il a pour expliquer
les Auteurs. Il nous apprend
que dans Homere Dioné est
un mot feint du Genitif Διὸς,
pag. 282. pour dire *noble. Et qu'elle est la
mere de Venus, parce que c'est la
Noblesse Troyenne, dont le naturel est courtois & affable.* Que

les *Sçavans* ont un grand avantage fur les ignorants! Ce qui fuit ne marque pas moins la vafte erudition du R. P. Dans ce Vers de la IX. Eclogue,

Ecce Dionæi proceffit Cæfaris Aftrum,

Ce mot, dit-il, *a une autre fignification.* Jufqu'icy tout le monde a crû que Virgile a-voit appellé Cefar *Dionæum*, parce qu'il defcendoit de Ve-nus, fille de Dioné, & ce paf-fage d'Homere fondoit affez cette opinion, que Servius a auffi embraffée. *Dionæi*, dit-il, *longe repetitum eft à matre Vene-ris Dione.* Mais nôtre Critique

est bien plus profond. *Ce mot,
dit-il, a icy une autre origine,
quoyque tirée aussi du Grec,* sçavoir de *δὶς deux fois,* & de *ὀνέω,
ὄνημι, je sers, je fais plaisir.* Et
voicy la raison de cette sçavante découverte : *Dans l'idée
des Bergers, que Virgile fait parler, l'ame de Jule Cesar étoit
dans le Ciel, jointe à celuy des signes du Zodiaque qui regne le
mois de Juillet, mois qui dans son
progrès produit deux bons effets,*
Dionæus,*comme bis juvans,parce
qu'il fait meurir les bleds & tourner le raisin.* Loin d'icy cette
folie, de croire que Cesar est
appellé *Dionæus*, parce qu'il
descendoit de Venus, fille
de Dioné, il n'a cette epi-

thete, que parce que son ame
est jointe au signe du Zodiaque qui produit deux grands
avantages, c'est-à-dire, qui
fait tourner le raisin & meurir les bleds. Quelle prudence
& quelle bonté à l'ame de
Cesar de s'être accostée du
signe du Zodiaque qui produit deux effets si avanta-
geux, & si necessaire!

Je suis charmée de l'explication si ingenieuse qu'il donne
aux sacrifices que les Paiens faisoient aux fleuves. Ce ne sont
rien moins que des sacrifices,
C'est seulement pour dire que par pag. 287.
un repas, en beuvant ensemble, ils
se preparent à naviger, à nager, &
à pescher, esperant de réüssir dans

quelqu'un de ces exercices, ou marquant leur reconnoiſſance pour les avantages qu'ils en retirent. Franchement cela nous découvre bien l'eſprit du Paganiſme ?

Dans le XX. Livre. Enée dit à Achille, *que Borée ayant pris la figure d'un beau cheval entra dans le baras d'Erichthonius, & eut de ſes juments douze Cavales, qui quand elles vouloient ſe joüer dans la Campagne, marchoient ſur les épics ſans les faire courber, & quand elles folâtroient ſur la plaine liquide, elles couroient ſur la pointe des vagues écumeuſes comme ſur le rivage.* Juſqu'ici tout le monde a crû que c'étoit une fiction poëtique pour loüer la viteſſe & la legereté

de

de ces Cavales. Sottise. Ce
sçavant Pere nous apprend
qu'*Enée* sçavoit rire, *& qu'il se*
mocque icy de la sotte vanité d'A- *pag.*301.
302.
chille, qui vouloit que l'on crût que
ses chevaux étoient nés du zephire
& de la Harpye Podargé. Borée
est un vent sterile qui ne peut pro-
duire que des bouffées de vent. Il
faut avoüer qu'Enée est un
fin railleur, & que la vanité
d'Achille est bien confonduë.
Nous sommes bien obligez au
R. P. de nous avoir découvert
qu'*Enée* sçavoit rire. Nous ne
nous en doutions point ; cela
paroît même si opposé à son
caractere, que l'on jureroit
presque qu'il ne rioit pas même avec Didon.

S

Je ferois bien tentée de relever icy les imaginations fin-
gulieres du R. P. fur le bouclier d'Achille, où il pretend
faire voir qu'on s'eſt fort mépris, preſque en tout ce qu'on
a dit juſqu'icy, & que le ſujet
general de ces peintures, c'eſt
le tableau general de la Grece, ou l'Hiſtoire du païs d'A-
chille & des Grecs de l'Armée : cela fourniroit beaucoup, mais il faut finir. D'ailleurs cela regarde le ſçavant
homme qui a fait une Apologie bien differente de celle du
R. P. & qui a défendu ce bouclier avec tant de force & d'eſprit. Il nous détaillera bien
toute la bizarrerie de ce nou-

M. Boi-
vin le ca-
der.

veau plan s'il veut s'en donner la peine.

Pour moy j'avoüe qu'en li-
fant cet Ouvrage du P. Hardoüin, je ferois prefque tentée de croire qu'il ne parle
pas ferieufement, & qu'il ne
veut que rendre Homere ridicule. Si c'étoit-là fon but, qu'il
auroit bien réüffi ! mais il n'y
a pas moyen de fe le perfua-
der, aprés ce que ce fçavant
homme dit dans la conclufion
de fa Theomythologie. *Cette*
Theomythologie d'Homere, dit-il, *p. 2g. 3. 4.*
ainfi expliquée, & qui fe foûtient
par fa clarté, par fon uniformité,
& par la liaifon qui eft entre tou-
tes fes parties, montre combien ce
Poëte a efté mal entendu, mal at-

taqué , & par quelques· uns mal
défendu , comme dans la traduction
Françoise , & par les remarques
qu'on y a adjoûtées. Cela est tres-
ferieux , & me voilà fort mal
traitée. Je m'en confolerois fi
Homere n'étoit pas encore
plus mal traité. Le R.P. eſt le
feul qui la mal défendu. Cependant il avoit une fi grande
opinion de fon Ouvrage qu'il
luy avoit donné ce titre ambitieux *Derniere Apologie d'Homere* , dans la confiance que
cette Apologie feroit comme
l'Egide immortelle d'Apollon, qui couvriroit toûjours ce
Poëte, & qui empêcheroit de-
formais qu'on ne l'attaquât.
Ce n'eſt qu'un avis charitable

qui l'a obligé , non à penſer ;
mais à s'expliquer plus mo-
deſtement.

Nous avons dans Platon un
Dialogue de Socrate avec le
Rhapſode Jon, qui ſe vantoit
d'entendre Homere, *non ſeule-*
ment mieux que tous les autres
Rhapſodes , dont la profeſſion
étoit de reciter publiquement
les Poëmes d'Homere, & d'en
faire ſentir les beautez ; *mais*
mieux que tous les autres hommes ;
qui aſſeuroit *que de tous ceux qui*
avoient expliqué ce Poëte dans
tous les temps , il n'y en avoit pas
un ſeul qui luy eût donné tant &
de ſi beaux ſens que luy , & qui
diſoit hautement qu'*il avoit*
tellement orné & embelli ce Poëte

par ses belles explications qu'il me-
ritoit que tous les Homerides luy
missent une Couronne d'or sur la
teste. Nous voyons aujourd'hui
que ce caractere n'est point
outré, qu'il est dans la Nature,
& que la Nature en fournit
même un beaucoup plus fort.

Le Public voit si la confiance du R. P. est bien fondée, &
si son Apologie n'en deman-
doit pas une qui purgeât ce
Poëte de tout ce qu'il luy a
imputé si injustement. J'ay
cru être obligée de défendre
ce grand Poëte, & de me défendre moy-même. Quand
je l'aurois fait plus fortement,
le R. P. ne pourroit s'en plaindre, car il doit se souvenir que

je ne fais que luy répondre,
& que c'eſt luy qui a attaqué
le premier.

ſic exiſtimet
Reſponſum, non dictum eſſe,
quia læſit prior.

Terent.
Prolog.
Eun.

L'eſtime que j'ay pour luy, &
qui luy eſt dûë d'ailleurs, m'a
obligée à garder plus de me-
ſures que n'en meritoit la maniere dont il ma traitée tres-
mal à propos. Je me ſuis con-
tentée de prouver aſſez clairement qu'il n'a connu ni le ſujet du Poëme, ni les Dieux
d'Homere, qu'il n'a entendu
ni le langage, ni les figures,
ni les idées de ce grand Poëte,
qu'il a flêtry toute ſa Poëſie,
qu'il a défiguré les mœurs &

les caracteres des personna-
ges, qu'il a converti en A-
theisme la Religion des Payens, & qu'il a mal jugé
même des Troupes qui fai-
soient le siege de Troye, car
de Troupes de terre, il en a
fait des troupes de mer. Je
ne cherche point à luy faire
de la peine ; mais je voudrois
bien pour l'interêt des Lettres
qu'il se ressouvînt de la seule
chose qu'il paroît avoir ou-
bliée, au moins dans cet Ouvrage, du prix inestimable &
des utilitez infinies de la re-
flexion.

REMARQUE

REMARQUE

oubliée page 175.

LE P. Hardoüin nous a dit que quand Achille dit à Thetis Liv. XVIII. *Plût aux Dieux que vous fuſſiez toûjours demeurée parmy vos Nymphes immortelles, & que Pelée eût époufé une ſimple Mortelle,* Il veut dire, *Que mon pere ne ſe contentoit-il d'eſtre un bon Officier de terre-ferme ? Un Officier de la Marine n'eſt guere heureux à ſe battre à pied.* Sur cette étrange explication, j'ay dit ſeulement : *Les Officiers de Marine pag.* 175. *ſe battent-ils autrement qu'à pied? Comment ſe battent-ils donc ?*

T

Mais cela ne suffit pas, & c'est
une matiere qui demande à
être un peu plus approfondie,
afin que l'on connoisse quelle
sorte de troupes c'étoient que
les troupes que commandoit
Agamemnon. La chose n'est
pas bien difficile, & on ne
conçoit pas comment le R. P.
a pû s'y tromper.

C'est un fait que personne
n'ignore, que les Marins ne
se battent qu'à pied : & j'ay
souvent oüi dire à d'excellents
Officiers de Marine qu'ils seroient fort embarrassez à se
servir d'un cheval dans un
combat. On voit dans Ho-
mere que les Officiers Grecs
se battent sur des Chars. Ce

ne sont donc point des Officiers Marins. Mais le R. P.
veut qu'ils le soient ? Ils se
battent fort souvent à pied, &
se battent fort heureusement.
Je ne daigneray pas même monter
sur mon Char, dit Diomede
dans le V. Livre, *mais j'iray à*
pied comme je suis au-devant de
ces deux Guerriers qui te paroif-
fent si redoutables. Dans l'onziéme Livre Homere nous dit,
qu'*Agamemnon combattant à pied*
à la tête de ses meilleures troupes,
passe sur le ventre à tout ce qui se
trouve sur son chemin, & fait un
carnage horrible. L'un & l'autre
font fort heureux à se battre
à pied, car ils font tous deux
des exploits admirables. Si ce

T ij

font des Officiers marins, comme le prétend le R. P. il eſt donc faux, *qu'un Officier de la Marine ne ſoit guere heureux à ſe battre à pied.* Pourquoy donc Pelée, quand même il auroit été Officier marin, n'auroit-il pas pû ſe battre à pied avec le même ſuccés? Mais où le R. P. a-t-il puiſé cette imagination que Pelée étoit un Officier marin? Il n'avoit jamais connu la mer que dans ſon voyage avec les Argonautes. Il l'a puiſée dans la même ſource où il a pris que les troupes d'Agamemnon étoient des troupes de mer. Parce que les Grecs étoient arrivez à Troye, & les Argonautes à

Colchos sur des vaisseaux, il
s'est imaginé que c'étoient
des troupes de mer, & non pas
des troupes de terre. Il le dit
des Grecs en propres termes :
Le nom d'Ægeon, dit-il, *n'est
ajoûté à celuy de Briarée, que pour
faire entendre que ces Cent bras ne
sont pas des Soldats sur terre.*
Quelle erreur ! Je le repete
encore, le R. P. n'a jamais lû
Homere entier, il n'a fait
que le parcourir. Ces Soldats
Grecs étoient si bien *des Soldats sur terre*, qu'ils ne se bat-
toient qu'à terre. Il n'y eut
pas à Troye un seul combat
de mer. L'attaque même des
vaisseaux, si vivement décrite
dans le XV. Liv. est un com-

bat sur terre : *Les sabres tomboient des mains des combattans, dit Homere, ou voloient en éclats ; la terre étoit couverte de morts ou de mourants, & le sang ruisseloit de toutes parts sur le rivage.* Aussi dans le denombrement qu'Homere fait des troupes Grecques, il nous dit que Menesthée étoit à la tête des Troupes Atheniennes, & il luy donne ce magnifique éloge : *Qu'il n'y avoit point d'homme égal à luy pour ranger en bel ordre de bataille la Cavalerie & l'Infanterie, & que Nestor étoit le seul qui pouvoit le luy disputer.* Voilà donc deux des principaux Officiers Grecs distinguez par cette grande qualité

de fçavoir bien mettre en bataille la Cavalerie & l'Infanterie; & dans la fuite le Poëte
nous apprend fur cela la me-
thode de Neftor. Le R. P. a-
t-il jamais oüi dire qu'on donne cette éloge à des Officiers
marins, & qu'on les qualifie
par ce talent? Ils rangent bien
les lignes & les efcadres de
leurs vaiffeaux ; mais ils ne
rangent point des troupes de
terre. Bien plus dans le même denombrement nous vo-
yons que les troupes d'Arca-
die, commandées par Agape-
nor fils d'Ancée, & fort expe-
rimentées dans le métier de
Mars, étoient fi peu des troupes de mer, que le Poëte nous

avertit qu'*Agamemnon* leur a-
voit fourni les *vaisseaux*, parce
que les *Arcadiens,* habitant au milieu des terres, ne s'appliquoient pas
à la *Marine.* C'eſt donc une
verité claire & ſenſible, que
les troupes Grecques, qui aſſie-
geoient Troye, n'étoient nullement des troupes de mer, &
que c'étoient ce que nous appellons *des troupes de debarque-*
ment. Ce n'eſt pas à moy à en-
ſeigner quelque choſe à un
homme auſſi ſçavant que le
P. Hardoüin, & à un ſi profond antiquaire ; Je prendray
pourtant la liberté de luy dire
que ni du temps de la guerre
de Troye, ni pluſieurs ſiécles
après, les Grecs n'ont point

distingué les troupes de mer
des troupes de terre, comme
nous le faifons aujourd'huy.
Je ne fçay même fi Athenes,
lorsqu'elleétoit la maîtreffe de
la mer, & qu'elle avoit le plus
de reputation pour la Marine,
a jamais connu cette diftin-
ction. Ce partage n'eft venu
qu'après que l'Art de la Marine a été perfectionné. Les Heros qui montoient la Navire
Argo, & qui allerent à la con-
quête de la Toifon d'or, n'é-
toient nullement des Officiers
de Marine. Qui eft-ce qui a
jamais pris pour des Officiers
de Marine un Caftor, un Pol-
lux, un Thefée, un Orphée,
un Hercule? Que le R. Pere

226 **REMARQUE.**
change donc de langage, qu'il
ne dife plus que les troupes
Grecques n'étoient pas des
troupes de terre ; mais des
troupes de mer , & qu'il explique autrement le fouhait
d'Achille.

APPROBATION.

J'Ay lû par ordre de Monfeigneur
le Chancelier un Ouvrage intitulé
*Homere défendu contre l'Apologie du
Reverend Pere* HARDOUIN, *&c. par Madame* DACIER, & j'y ai trouvé cette
érudition, cette netteté, & cette foli-
dité dont Madame Dacier a tant donné
de preuves éclatantes. Fait à Paris ce
28. Août 1716.

ROBUSTE.

PRIVILEGE DU ROY.

LOUIS PAR LA GRACE DE DIEU
ROY DE FRANCE ET DE NAVAR-

RE : A nos amez & feaux Conseillers, les Gens tenans nos Cours de Parlement, Maîtres des Requêtes ordinaires de nôtre Hôtel, Grand Conseil, Prevôt de Paris, Baillifs. Sénéchaux, leurs Lieutenants Civils, & autres nos Officiers qu'il appartiendra, SALUT. Nôtre bien amé ANDRE' DACIER, *de l'Académie Françoise*, *& de nôtre Académie Royale des Inscriptions*, *Garde des Livres de nôtre Cabinet*, & *Dame* ANNE LE FEVRE *son épouse*, Nous ont fait remontrer qu'outre plusieurs Ouvrages qu'ils ont composez, cy-devant imprimez en vertu de nos Lettres de privilege, ils ont travaillé encore à d'autres Ouvrages; sçavoir ledit sieur Dacier à la continuation des Oeuvres de Platon, & de celles de Plutarque dont il a cy-devant donné le commencement, & à la Traduction des Oeuvres d'Epictete, avec les Commentaires de Simplicius ; & ladite Dame Dacier à la Traduction de l'Odyssée d'Homere, dont elle a déja donné l'Iliade, & la suite de son Ouvrage sur les Causes de la Corruption du Goût, pour l'Impression desquels Ouvrages, ils Nous ont tres humblement fait supplier de leur accorder nos Lettres de Privilege, leur accordant le renouvellement de nos Lettres de Privilege pour ceux qu'ils ont fait cy-devant imprimer : A CES CAUSES, voulant favorablement traiter lesdits Sieur & Dame Dacier, Nous leur avons permis, accordé, permettons & accordons par ces Presentes de faire réimprimer par tel Libraire ou Imprimeur qu'ils voudront choisir, *les Ouvrages de leur composition cy-devant imprimez, ensemble la Continuation des Oeuvres de Platon & de celles d' Plutarque, & la Traduction des Oeuvres d'Epictete, avec les Commentaires de Simplicius; & la Traduction de l'Odyssée d'Homere, & la Suite de l'Ouvrage sur les Causes de la Corruption du Goût,* en telle forme, marge, caractere, en autant de Volumes, conjointement ou separément, & autant de fois que bon leur semblera, pendant le temps de quinze années consecutives, à compter du jour & date des Presentes; & de les faire vendre & debiter par tout nôtre Royaume : Faisant défense à tous Libraires, Imprimeurs, & autres, d'imprimer, vendre, & debiter lesdits Ouvrages fous quelque pretexte que ce foit, même d'Impreffion Etrangere, & autrement, fans le confentement des Expofans ou de leurs ayans caufe, fur peine de confifcation des Exemplaires contrefaits, de trois mille livres d'amende, appliquable un tiers à Nous, un tiers à l'Hôtel-Dieu de Paris, l'autre aufdits Expofants, & de tous dépens, dommages & interêts; à la charge que ces Prefentes feront enregiftrées tout au long fur les Regiftres de la Communauté des Imprimeurs & Libraires de Paris, & ce dans trois mois de la date d'icelles; que l'Impreffion en fera faite dans nôtre Royaume, & non ailleurs, en bon papier & beaux caracteres, conformément aux Reglemens de la Librairie; & qu'avant de les expofer en vente, il en fera mis deux Exemplaires en nôtre Bibliotheque publique, un dans celle de nôtre Château du Louvre, & un en celle de nôtre tres-cher & Feal Chevalier Chancelier de France le Sieur VOYSIN, Commandeur de nos Ordres, à peine de nullité des Prefentes, du contenu defquelles, Vous mandons & enjoignons de faire joüir les Expofans ou leurs ayans cause pleinement & paisiblement, sans souffrir qu'il leur soit fait aucun trouble ni empêchement : Voulons que la Copie desdires Prefentes, qui fera imprimée au commencement ou à la fin desdits Livres & Ouvrage, soit tenuë pour dûëment fignifiée, & qu'aux Copies collationnées par l'un de nos amez & feaux Confeillers-Secretaires, foy foit ajoûtée comme à l'Original : Commandons au premier nôtre Huiffier ou Sergent de faire pour l'execution d'icelles tous Actes requis & neceffaires, fans demander autre permiffion, & nonobftant Clameur de Haro, Charte Normande & Lettres à ce contraires : CAR tel eft nôtre plaifir. DONNE' à Verfailles le vingt deuxiéme jour du mois de May, l'an de grace mil fept cens quinze, & de nôtre Regne le foixante-treize. Par le Roy en fon Confeil,

LAMOLERE.

Regiftré fur le Regiftre N° 3. de la Communauté des Libraires & Imprimeurs de Paris, page 950. N°. 1226. conformément aux Reglemens, & notamment

à l'*Arrêt du Conseil du* 13. *Août* 1703.
A Paris le 21. *Juin* 1715.

Et ladite Dame D A C I E R a cedé à
JEAN BAPTISTE COIGNARD , Imprimeur du Roy, le preſent Privilege, ſeulement pour cette premiere Edition, d'*Homere defendu contre l'Apologie du R. P.
Hardoüin , ou ſuite des Cauſes de la Corruption du Gouſt* , ſuivant l'accord fait
entr'eux.

www.ingramcontent.com/pod-product-compliance
Lightning Source LLC
Chambersburg PA
CBHW061453030726
47503CB00005B/1687